浦城县政协文教卫体和文史资料委员会
浦城文史资料第30辑

浦城诗词读本

PUCHENG SHICI DUBEN

余奎元
甘跃华 ◎主编

上册

浦城詩詞叢書

海峡出版发行集团 THE STRAITS PUBLISHING & DISTRIBUTING GROUP | 福建人民出版社 FUJIAN PEOPLE'S PUBLISHING HOUSE

图书在版编目(CIP)数据

浦城诗词读本 / 余奎元, 甘跃华主编. -- 福州 : 福建人民出版社, 2017.12

ISBN 978-7-211-07859-2

Ⅰ.①浦… Ⅱ.①余… ②甘… Ⅲ.①诗词—作品集—中国 Ⅳ.①I22

中国版本图书馆CIP数据核字(2017)第276441号

浦城诗词读本

PUCHENG SHICI DUBEN

作　　者：余奎元　甘跃华　主编
责任编辑：林　顶
出版发行：海峡出版发行集团
福建人民出版社　　**电　　话**：0591-87533169(发行部)
网　　址：http://www.fjpph.com　　**电子邮箱**：fjpph7211@126.com
地　　址：福州市东水路76号　　**邮政编码**：350001
印　　刷：福建建本文化产业股份有限公司
地　　址：福建省福州市仓山区则徐大道368号仓山工业小区2号楼一层
开　　本：700毫米×1000毫米　1/16
印　　张：29.25
字　　数：316千字
版　　次：2017年12月第1版
印　　次：2017年12月第1次印刷
书　　号：ISBN 978-7-211-07859-2
定　　价：48.00元

本书如有印装质量问题，影响阅读，请直接向承印厂调换

版权所有，翻印必究

《浦城诗词丛书》编委会

顾　问：周永和　沈晓文　张建斌

主　任：刘　军

副主任：周勤孙　甘跃华

编　委：余奎元　洪武荣　初学敏　陈火富　蔡旭麟

吴和森　王炳樑　李　青

《浦城诗词读本》编辑组

主　编：余奎元　甘跃华

前　言

中国是一个诗的国度。从《诗经》《楚辞》到唐诗宋词元曲，源远流长，滋养了我们这样一个民族历朝历代，名家辈出，异彩纷呈。

浦城是文化大县，也是诗词大县。浦城诗词天空群星灿烂，南朝大文豪江淹为浦城诗词开拓先河，杨徽之、杨亿、谢翱、叶绍翁、杨载、孙道绚等为中华诗坛增光添彩。欧阳修、苏轼、苏辙、王安石、曾巩、陈襄、李纲、陆游、朱熹、刘克庄、章溢、刘基、宋濂、李光地、梁章钜等名人大家均有浦城诗作留存于世。

浦城诗词底蕴深厚，丰富多彩，是我县一笔珍贵的文化财富。为了提高青少年的思想道德修养和审美情趣，促进浦城的下一代德智体美诸方面和谐发展，我们从数千首浦城留存诗词中，以每日一诗的形式，精选365首具有代表性的浦城诗词编辑成书，作为普及性的地方文化通俗读本，呈现给广大青少年及诗词爱好者。这是传承地方优秀文化的需要，也是我县创建“中华诗词之乡”的一项重要举措。

在选编过程中，我们着重掌握以下几个原则：

一、以时间为脉络，反映浦城诗词的源远流长。

本书以时间脉络为选取顺序，按照朝代的走向组成一条浦城诗词的历史长河。我们从南北朝落笔，顺延至唐代、宋代、元代、明代、清代，一直到民国。这样做的目的，一方面是使读本的构成有一个清晰而完整的时间线索，另一方面则是为了让读者更好地了解浦城诗词的诞生史、发展史、辉煌史。

二、以人物为支撑，突出浦城诗词的人文厚重。

作者是诗词的创作者，诗词内蕴的体现者。因此，我们的选取宗旨是，浦城籍、出生在浦城、曾在浦城任职或寓居浦城的人之作品，以及创作描写浦城人物、事件、风光作品的外籍人之作品。此外，我们重点选择的是在历史上有一定影响声望的政治人物或文学名家。既通过诗词的学习，体味中国文化的博大精深，又从一个个侧面学习了解中国的文化史、文明史。

三、以普及为主旨，推动浦城诗词的历史传承。

本读本以青少年和诗词爱好者为主要阅读对象，主要顾及的是可读性、通俗性、普及性。所以，为了方便阅读，每首诗词由下面几个部分组成：1、诗词原文。2、作者简介。3、题解。4、注释。尤其是对重要的历史人物、历史事件，以及浦城的风光名胜、风土人情作了比较详细的介绍。此外，考虑到诗词的教育功能、读者普及的广泛性以及阅读时间的把握等因素，部分名人名篇因篇幅过长便采取摘句的形式编入，而其他一些阅读难度较大、篇幅较长的诗词大都不在选编之列。

浦城人，读点浦城优秀经典文化，无疑是一件很有意义的事情。我们希望通过《浦城诗词读本》的编辑出版发行，有助于在浦城掀起一股感受浦城历史、学习浦城文化的热潮，继而为浦城其他本土文化读本的编辑出版发行起抛砖引玉的作用。

编　者

2017 年 7 月

目 录
CONTENTS

【1】

恨赋（节选）

江 淹

春草暮[①]兮秋风惊，秋风罢[②]兮春草生。
绮罗[③]毕兮池馆[④]尽，琴瑟[⑤]灭兮丘垄[⑥]平。

作者简介 Zuozhe Jianjie

江淹（444—505），字文通，济阳考城（今河南民权县东）人。少年时家里贫穷，但勤奋好学。在宋、齐、梁三代都当过官，梁代时官至金紫光禄大夫。元徽（473—477）初年，刘景素镇守京口（今属江苏镇江），江淹为镇军参军，因事冒犯刘景素，元徽三年被贬为吴兴（今浦城）县令，在任三年，热爱浦城山水，称赞浦城为“碧水丹山”之地。留下“梦笔生花”的传说。赋以《恨赋》《别赋》最为有名。

题解 Tijie

《恨赋》及《别赋》，历代所修的《浦城县志》都没有记载，据当代考证，此二赋是在浦城创作。2011 年第 7 期《文史知识》载复旦大学中国语言文学研究所邬国平的《江淹为何写〈恨赋〉〈别赋〉？》明确指出：“元徽三年（475），32 岁的江淹因讽谏建平王刘景素谋议举兵，被贬为吴兴令，头尾相连三载。吴兴属江州，今福建浦城县。期间，江淹出现了文学创作的高峰，著名的《恨赋》《别赋》即写在此时。”曹道衡《江淹作品写作年代考》（载《中古文学史论文集续编》，台湾文津出版社 1994 年版）认为《恨赋》“作于建安吴兴时期似无疑”；《别赋》写作时间，在《青苔赋》之后，但“也不会在离开建安吴兴之后”。《恨赋》是六朝抒情骈赋中的名篇。全赋排章选句、哀恨绵绵，刻画了帝王秦始皇、列侯赵王迁、名将李陵、美人王昭君、才士冯衍、高人嵇康六人的诸多哀伤怨恨，概括了人世间各种人生的幽怨与遗恨，不愧为通贯古今之天下的第一“恨赋”。全赋语言清新，用词考究，艺术价值高。《恨赋》是具有悲愤苍凉之气的作品。江淹出身寒微，13 岁丧父，靠砍柴养母为生，又因冒犯刘景素，贬为吴兴令。出身低微，加上幼年的不幸，使他心理悲观，加上仕途坎坷，才造就了这一篇传世佳作。

最后一章是把前面所举的六个历史人物结合起来得出结论，这种种人，虽然穿着锦绣，歌乐喧天，最终还是难免一死，连埋葬他们的坟岗都让岁月尘埃填平！犹言“浪涛尽千古英雄”、“风流总让雨打风漂去”。此四句，即摘自此赋最后一段。

注 释 ZhuShi

① 蓦：迟暮，意指枯黄殆尽。

② 罢：止歇，犹言完全消失。

③ 绮罗：有花纹的丝织品。

④ 池馆：园林。

⑤ 琴瑟：琴，拨弦乐器，亦称七弦琴，俗称古琴。瑟，亦是拨弦乐器，形似琴，但无徽位，通常有二十五弦，每弦一柱。

⑥ 丘垄：坟墓。

【2】

别赋（节选）

江 淹

春草碧色，春水渌[①]波，
送君南浦，伤如之何[②]！

题解

南浦溪是浦城的母亲河，因江淹所写的《别赋》中有“送君南浦”的佳句而得名，也是因为有了这一名句，“南浦”也成为了浦城的一个别称。

《别赋》是江淹创作的一篇抒情小赋。此赋以浓郁的抒情笔调，以环境烘托、情绪渲染、心理刻画等艺术方法，通过对戍人、富豪、侠客、游宦、道士、情人别离的描写，生动具体地反映出齐梁时代社会动乱的侧影。全赋用骈偶的句式，绘声绘色，语言清丽，声情并茂。尤其是所选的“春草碧色，春水渌波，送君南浦，伤如之何”名句，千古传诵。

注释

① 渌（lù）：清澈。

② 如何之：对此，能有什么办法呢？

【3】

迁阳亭

江 淹

揽泪访亭侯[1]，兹[2]地乃闽城。万古通汉使，千载连吴兵。瑶涧夐[3]崭崒[4]，铜山[5]郁纵横。方水堆金雘[6]，圆岸伏丹琼。下视雄虹照，俯看彩霞明。桂枝空命折，烟气坐自惊。剑迳[7]羞前检[8]，岷山[9]惭旧名。依我从霜露，仆御复孤征。楚客[10]心命绝，一愿[11]闻越声。

题 解 | *Tijie*

浦城仙阳，旧称迁阳，北宋官修地理总志记载浦城有迁阳、临江两镇。江淹在浦城三年，深深为浦城佳山秀水吸引，称浦城有“碧水丹山、珍木灵草”，他自得其乐，悠然独往，留连忘返，“不觉行路之远”，饱览浦城风光之美。一天，来到仙阳，写下了《迁阳亭》诗。诗中，记叙了浦城的历史，是“万古通汉使，千载连吴兵”之地。更多是描绘仙阳山光水色。描绘出一幅绚丽多姿的图画，还抒发“桂枝空命折，烟气坐自惊”，这是有文字记载的浦城最早的桂花叹咏曲。

注 释 ZhuShi

① 亭侯：亭长。西汉时在乡村每十里设亭一，亭有亭长，负责治安和保卫，治理民事。

② 兹：此。

③ 敻（xiòng）：远的意思。

④ 崭崒（zhǎn zú）：形容山高险峻。

⑤ 铜山：古有“铜者山之子，山者铜之母”之说，铜山应是指巨大的山体。

⑥ 雘（huò）：红色或青色可作颜料的矿物，泛指美好的彩色。

⑦ 剑径：剑，四川有剑阁县，剑径，是指剑阁之径。

⑧ 羞前检：为先前之检而羞。下文之“惭旧名”略同。

⑨ 岷山：在四川省西北部，旧时称岷山与剑径都很险峻。

⑩ 楚客：春秋时，楚国地域包括河南，江淹为河南人，因自称楚客。

⑪ 一愿：只希望。

【4】

折桂岭

林　藻

曾向岭头题姓字，不穿杨叶不言归[①]。
弟兄各折一枝桂[②]，还向岭头联影飞。

作者简介 Zuozhe Jianjie

林藻，字纬乾，福建莆田人。唐贞元七年（791）进士。累官容州刺史、殿中侍御史。林藻文章出众，书法也很有名。

题解 TiJie

折桂岭在浦城县城北32.5公里，梨岭之南。唐贞元（785—804）初，林藻与弟林蕴一起进京应试。在岭头题下姓名，并立下科场必胜的誓愿。林蕴于贞元四年（788）考中进士，林藻也于贞元七年考中进士。其后，兄弟二人相携衣锦还乡，进入闽境再过此岭，题名并写此诗以作纪念。科举高中称折桂，此处也就称为折桂岭。

注释 ZhuShi

① 不穿杨叶不言归：飘长在树上的杨叶，是很难射中。这里将科举，比作杨叶，就是决心射穿杨叶，否则不归。

② 弟兄各折一枝桂：《晋书·郤诜传》："武帝于东堂会送，问诜曰：'卿自以为何如？'诜对曰：'臣举贤良对策，为天下第一，犹桂林之一枝，

昆山之片玉。’”后因以“折桂”比喻科举高中。“弟兄各折一枝桂”，就是兄弟二人都科举高中了。

【5】

题梨岭

欧阳詹

南北风烟即异方[①]，连峰危栈倚苍苍[②]。
哀猿咽水偏高处[③]，谁不沾衣[④]望故乡。

作者简介 Zuozhe Jianjie

欧阳詹，约生于唐至德、上元年间（756—761），字行周，福建晋江人。唐贞元八年（792）进士。贞元十五年，授官国子监四门助教，所以后人称之为四门先生。欧阳詹著述颇丰，韩愈称赞其作品“文章切深，喜往复，善自道”。40多岁时病逝于长安。

题 解 Tijie

梨岭，在浦城县城以北32.5公里，山上多梨树，故名。岭上有五显庙，又称五显岭。宋杨亿《谈苑》载“天下之水皆东，梨岭之水独北”，其水流入江西信江。《读史方舆纪要》载：“五显岭高峰连云，前横大壑，傍岩飞阁又类仙霞。其危崖仄径，真是令人一夫当关，千人自废。”清嘉庆十五年（1810），知县黄恬在废关址重建关楼，南面书“全闽锁钥”，北面书“越闽砥柱”。民国22年（1933），修通公路，今205国道及浦南高速公路均经过此岭。

这首诗，描写了梨岭的山势险峻，记叙了离开闽地，回望家乡的情形。“谁不沾衣望故乡”，表达了作者对家乡深切的怀念之情。

注 释 ZhuShi

① 异方：山川风貌各不相同的两处

② 连峰危栈倚苍苍：危栈，高陡的栈道。倚，靠，靠住。高陡的栈道靠在连绵的山峰，耸立在苍天。

③ 哀猿咽水偏高处：咽，呜咽（yè）；“哀猿咽水”即猿声、哀怨水流呜咽；“高处偏”即偏处在栈道以上的更高处。

④ 沾衣：泪水浸湿了衣裳。

【6】

送君南浦赋（节选）

黄滔

南浦风烟①，伤心渺然②。
春山历历③，春草绵绵。
那堪④送行，客启⑤离筵⑥。

作者简介 Zuozhe Jianjie

黄滔（约839—约911），字文江，祖居福建侯官（今福州），后迁居福建莆田涵江。唐乾宁二年（895）进士，光化元年（898），委为四门博士。天复元年（901），回到福州，即被王审知招入幕府，授予监察御史里行。后梁开平元年（907），回到莆田定居，直至70多岁去世。黄滔是晚唐五代时期的知名诗人，主张诗文重内容，贵实用。

题　解 TiJie

黄滔的律赋，多警句、丽句。此摘句为黄滔《送君南浦赋》中首六句，描绘了浦城春天景色。在这美好的春天，与朋友道别，为朋友送行，心里充满伤感，惜惜离别之情溢于言表。

注 释 ZhuShi

① 风烟：云雾。

② 渺然：悠远，模糊不清楚。

③ 历历：清晰的样子。

④ 那堪：意为哪里受得了。

⑤ 启：启程。

⑥ 筵：古时铺在地上供人坐的垫底竹席。

【7】

南浦

韩偓

月若半环云若吐，高楼帘卷当①南浦。
应是石城艇子来，两桨咿哑②过花坞。
正值连宵酒未醒，不宜此际兼微雨。
直教笔底有文星③，亦应难状分明苦。

作者简介 Zuozhe Jianjie

韩偓（842—923），字致尧，一字致光。小字冬郎，自号玉樵山人。京兆万年（今陕西樊川）人。龙纪元年（889）进士，官至兵部侍郎、翰林承旨。天祐二年（905），避乱入闽，在闽居10余年。韩偓是位神童，小时候便会写诗，入闽后留下百余首诗。

题解 TiJie

作者立在南浦溪畔溪楼上，隐隐月色、咿哑小船、蒙蒙细雨尽收眼底。他既为眼前的美景所陶醉，又因美景难描、意犹未尽而颇感惆怅。

注释 ZhuShi

① 当：处在。
② 咿哑：桨声。
③ 文星：亦称魁星、奎星，原是古代天文学中二十八宿之一，后被称为主宰文章兴衰之神。

【8】

白羊坟诗

无名氏

西岩①西畔西复西，来处嵯峨②歇处低。
明日五更龙显地，白羊眠处鹧鸪③啼。

作者简介 Zuozhe Jianjie

无名氏，五代人，姓名及生卒年不详。

题　解 Tijie

据传，五代章仔钧母亲刘太夫人将下葬之时，有一神人写下这首诗，向章仔钧指点墓地选址和下葬时辰。第二天果真应验，下起大雪，白雪铺地，只有西岩山余脉一块地无雪，地上热气腾腾，还卧着一只白羊。因此确定此处为墓址。五更之时，果有鹧鸪叫声不绝。因此，其墓称为白羊坟。

注　释 Zhushi

① 西岩：即西岩山，在浦城城区西 3 公里，海拔 560.7 米，因矗立西郊而得名。山形很像一只蹲坐着的雄狮，山巅平坦。五代时，章仔钧为检校太傅、充西北面行营招讨置史，驻兵于此，山上多松杂木。

② 嵯峨（cuō é）：形容山势高峻。

③ 鹧鸪（zhè gū）：鸟纲，雉科。体长约 30 厘米，羽毛大多黑白相杂。栖息于生有灌丛和疏林的山地，鸣时常立于山巅树上。

【9】

送士濂弟之京

章文谷

行色翩翩①入帝都，壮怀此去莫踌躇②。
昔曾故国③登高第，今向新朝④再上书。
汝负⑤才猷⑥堪⑦济世，我惭衰朽合闲居。
鸰原⑧今日常相望，衣锦还乡⑨庆有余。

作者简介 Zuozhe Jianjie

章文谷，字虚有，又字京山，章仔钧第五子章仁彻的第四子，浦城人。南唐进士第一，是浦城历史上四状元之一。宋太祖称赞他学问好、才能高。宋建隆二年（961）授中散大夫，后任荆州录事参军，官终工部侍郎。

题解 TiJie

士濂，即章士濂，章仔钧之孙。宋初授大理评事，历任邵武、归化、汀州、宁化县令等。这是章士濂进京任职时，章文谷送给他的诗。章文谷是五代时的状元，所以称“昔曾故国登高第”。

注释 ZhuShi

① 翩（piān）翩：形容欣喜自得，轻盈妙曼的样子。
② 踌躇（chóu chú）：形容犹豫不决。

③ 故国：指南唐。

④ 新朝：新的国家政权，指宋朝。

⑤ 负：背负，拥有，

⑥ 猷（yóu）：谋划。

⑦ 堪（kān）：足以。

⑧ 鸰（líng）原：典自《诗经·小雅·常棣》："脊令在原，兄弟急难。"脊令，即鹡鸰。本为水鸟，而今落在高原，失去了它经常居住的场所，比喻人逢急难；也指兄弟有急难须互相援助。后因以"鸰原"为兄弟代称。

⑨ 衣锦还乡：穿着华丽的衣服回到故乡。指富贵显达后回到家乡。衣，作动词用，穿上。锦，有彩色花纹的丝织品。

【10】

汉阳晚泊[①]

杨徽之

傍桥吟望汉阳城，山遍楼台彻上层。
犬吠竹篱沽[②]酒客，鹤随苔岸洗衣僧。
疏钟未彻闻寒漏[③]，斜月初沈[④]见远灯。
夜静邻船问行计，晓帆相与向巴陵[⑤]。

作者简介 Zuozhe Jianjie

杨徽之（921—1000），字仲猷，浦城人，宋初第一代诗人中的佼佼者。五代后周显德二年（955）进士，官工部侍郎、礼部侍郎、翰林侍读学士。宋太宗诏辑《文苑英华》，全书1000卷，杨徽之独力承编诗部180卷。

题解 Tijie

此诗是作者坐船往巴陵经汉阳夜宿时，写下的诗篇。杨徽之诗歌造诣很深，宋代僧人文莹在《玉壶诗话》中称赞杨徽之诗说：“必以天池皓露，涤笔于冰瓯雪碗中，方与杨公诗神骨相副。”宋太宗得知杨徽之诗写得好，想看他的诗。杨徽之收集他的诗数百首送上，并附诗一首，诗最后两句是“十年流落今何幸，叨遇君王问姓名”。宋太宗很高兴，和诗一首，并对宰相说：“真儒雅之士。”并选诗集中十联，写于御屏。工部侍郎梁周翰为此作：“谁似金华杨学士，十联诗在御屏风。”

注 释 zhushi

① 汉阳晚泊：汉阳，今武汉市汉阳。泊，停船靠岸。汉阳晚泊，即晚上船停靠在汉阳。

② 沽（gū）：买或卖，此处作买。

③ 漏：古代滴水计时的仪器。

④ 沈：同“沉”。

⑤ 巴陵：今湖南岳阳。

【11】

批杨亿谢表

宋真宗

承明近侍究儒玄①，苦学劳心疾已痊②。
善保兴居调饮食，副③予前席④待多贤。

作者简介 Zuozhe Jianjie

宋真宗（968—1022），即赵恒，北宋皇帝，997—1022 年在位。

题解 TiJie

宋朝叶梦得《石林燕话》卷五载：大中祥符五年（1012）九月二十八日，时任翰林学士的杨亿以久病初愈进殿当值上班，请求给假十天，真宗批给半个月的假期。杨亿在家中休息，写下谢表，宋真宗此诗批在谢表下面。此诗的意思是，杨亿是苦学劳心研究儒学、玄学而得病的，现在病好了，要善待起居，调和饮食，将要给予贤才相称的更高职位。此诗表明宋真宗爱惜人才之意。

注释 ZhuShi

① 承明近待究儒玄，承明，相承清明的意思。近待：皇帝身边的臣子。究：研究。儒玄：儒学、玄学。承明近待究儒玄，即国家清明的时候，近臣精心研究儒学、玄学。

② 痊：病好了，恢复健康。

③ 副：符合、相称。

④ 前席：古代席地而坐，“前席”是说移坐向前，这里的意思是要赐给更高的职务。

【12】

登楼

杨亿

危楼①高百尺，手可摘星辰。
不敢高声语，恐惊天上人。

作者简介 Zuozhe Jianjie

杨亿（974—1020），杨亿是一位神童，7岁能诗，11岁时被推荐进入朝廷，授秘书省正字。官至工部侍郎，翰林学士。宋真宗下诏命编修《太宗实录》，全书80卷，杨亿独力完成56卷。又下诏令由王钦若和杨亿编修《册府元龟》，杨亿为实际主编。在编修《册府元龟》时，杨亿与同事唱和，创立了西昆体，杨亿是福建第一个倡导和建立起诗派的领袖，世称杨文公。

题解 TiJie

据清朝梁章钜《南浦诗话》转引《竹坡诗话》：“世传杨文公方离襁褓，犹未能言。一日，其家人携以登楼，忽自语如成人。因戏问：‘今日上楼，汝能作诗乎？’即应声曰：‘危楼高百尺，手可摘星辰。不敢高声语，恐惊天上人。’旧见《古今诗话》载此一事。后又见一石刻，乃李太白《夜宿山寺》所题，字画清劲而大，且云‘布衣李白作’。而此又以杨文公作，何也？岂好事者窃太白之诗以神文公之事耶，抑亦太白之诗为伪耶？”据此，此诗作者有二说，一为杨亿，一为李白。《全宋诗》将此诗收入杨亿卷。

注 释 *ZhuShi*

① 危楼：高耸的楼。

【13】

留别

杨亿

梦笔山[1]前君别我，下沙桥[2]上我思君。
黄昏更过西阳岭[3]，满目青山与白云。

题解 TiJie

从诗所提到的地名顺序着，是杨亿送人南下的诗。杨亿诗多用典故，但此诗通畅晓白，朗朗上口，最后一句“满目青山与白云”，既是描绘景色，又是抒发心胸。没有用典，但不失佳作。梦笔山、下沙桥、西阳岭，都是浦城人熟悉的地名，读起来倍感亲切。

注释 ZhuShi

① 梦笔山：在浦城县城西郊，相对高度 20—30 米，原名孤山。相传南朝江淹梦神人赠送五彩神笔于此，故改名梦笔山。梦笔晴岚为“南浦八景”之一。

② 下沙桥：在浦城县莲塘镇下沙村，北宋建。

③ 西阳岭：又称樟元山、迺遑岭，在城区西南 15 公里，主峰天狮岗，海拔 726 米。宋初，湖广西阳太守居此，故名西阳寺。岭背原有关帝庙，宋景德（1004—1007）间，改称西阳寺，清朝时改为夕阳寺。

【14】

自咏

章得象

龙楼凤阁①九重城，新筑沙堤②宰相行。
我贵我荣君莫羡，十年前是一书生。

作者简介 Zuozhe Jianjie

章得象（978—1048），字希言，浦城人，浦城历史上八宰辅之一，北宋咸平五年（1002）进士。景祐三年（1036），同知枢密院事，五年，登上相位，称为集贤相，庆历三年（1043），同中书门下平章事，兼枢密使。庆历七年，封郇国公。

题解 TiJie

宋吏部侍郎、诗人张舜民题《郇公诗帖》，称赞章得象诗写得好，文采出众。这首自咏诗是说，现在我任宰相，大家羡慕我尊贵、荣耀，但是，我十年前也是一个书生，是凭我自身努力而才有此地位。

注释 ZhuShi

① 龙楼凤阁，指中书省办公府第，也就是宰相办公的地方。九重城，帝王所居住的场所。“龙楼凤阁九重城”，指皇宫内办公地方。

② 新筑沙堤：这是一个掌故。晋朝郭璞《迁城记》载：“南台沙合，必出宰辅。”说南台（今属福州）闽江的沙若能聚合在一起，必然

会出宰相。章得象进枢密府的第二年，两边沙涌，合在一起，人可行走，恰巧章得象也在这年拜相。宋仁宗《赐章郇国公得象》诗中也说：“他日新堤又筑沙。”

【15】

中峰寺[1]

柳　永

攀萝蹑[2]石落崔嵬[3]，千万峰中梵室[4]开。
僧向半空为世界，眼看平地起风雷。
猿偷晓果升松去，竹逼清流入槛来。
旬月经游殊[5]不厌，欲归回首更迟回。

作者简介 Zuozhe Jianjie

柳永（约984—1053），字耆卿。原名三变，字景庄，排行第七，世称柳七。北宋崇安（今福建武夷山市）人。宋景祐元年（1034）进士，官屯田员外郎，世称柳屯田。柳永精通音律，善取民间曲词精华。其词多描写城市风光和平民生活，尤擅长于抒写羁旅行役之情，是我国大量制作长调慢词第一人，也是第一位专业词人。当时柳词流行很广，“民有井水处，即能歌柳词”。为宋词婉约派的宗师，对宋词发展产生重要影响。

题解 Tijie

这是一首描写中峰寺周围景色的诗。

注 释 ZhuShi

① 中峰寺：清嘉庆《新修浦城县志》诗题有注：“在县西招贤里，宋建，明崇祯间移置于左。”

② 蹑：踏。

③ 崔嵬：形容高峻、高大。

④ 梵室：佛寺。

⑤ 殊：很，完全。

【16】

和章推官岷同登承天寺竹阁

范仲淹

僧阁倚①寒竹，幽襟②聊③一开。
清风曾未足④，明月可重来？
晚意烟垂草，秋姿露滴苔。
佳宾何以伫⑤，云瑟⑥与霞杯。

作者简介 Zuozhe Jianjie

范仲淹（989—1052），字希文，苏州吴县（今属江苏）人。宋大中祥符进士，庆历三年（1043）任参知政事。工于诗词、散文，所作文章富于政治内容；善于描写塞上风光，为世传诵。著有《范文正公集》。

题解 TiJie

这是范仲淹与章岷同游承天寺的赋诗。章岷，浦城人，字伯镇。宋天圣五年（1030）进士。历任湖州、宣州、越州、福州、海州知州，官至正议大夫。章岷任睦州（治所在今浙江桐庐）从事。景祐元年（1034）正月，范仲淹出任睦州，一见到章岷，就非常器重，从此结下深厚的友谊。除此诗外，他们还有唱和之作。章岷与范仲淹进行斗茶咏诗，章岷诗先完成，范仲淹看后，佩服有加，连连称颂。赞叹地说，“此诗真可压元、白”，这句话由范仲淹说出，章岷的诗可压倒唐朝二大诗人元稹、白居易，说明章岷的诗歌成就可真是非同小可。

注 释 ZHUSHI

① 倚：靠住。

② 襟：指心怀。

③ 聊：略。

④ 曾未足：从来没有涉足（僧阁里）

⑤ 伫（zhù）：久立而等待。

⑥ 云瑟：洁净鲜明的云。

【17】

临水

黄亢

人生朝复暮，水波流不驻。
去年昨日水，今日到何处？
惆怅①雨残花，嫣②红随水去。
花落水东流，识尽人生事。

作者简介 Zuozhe Jianjie

黄亢，约1033年前后在世，字清臣，浦城人。15岁时以文章拜谒章得象，章得象很是赞叹。著有《东溪集》。

题解 TiJie

此诗充满人生哲理，称其为即景诗之上品亦毫不为过。人的一生如同流水一去不复还。虽然人生有失意之时，美好的东西也会随水而流。但是，一个人应像苏东坡那样“发愤识遍天下字，立志读尽人间书。”也就是说，要随着年龄的增长，领会人生的意义，树立正确的人生观。

注释 ZhuShi

① 惆怅：因失意或失望而伤感。
② 嫣：形容美好，鲜艳。

【18】

惆怅吟

张 泌

秋风丹叶动荒城，惨淡①云遮日半明。
昼梦却因惆怅得，晚愁多为别离生。
江淹彩笔空留恨②，庄叟③玄谭未及情。
千古怨魂销不得，一江寒浪若为平。

作者简介 Zuozhe Jianjie

张泌，字顺之、巨源，浦城人。北宋大中祥符八年（1015）进士，曾任山东定陶县主簿、徐州观察推官、江苏宝应县令等。宋仁宗时官至给事中、刑部尚书。

题 解 TiJie

此诗通过典型概括，列举自然现象、人的心理、历史人物等不同类型，表达出万事万物都有不如意的情况，这种事情是千古都存在的。但是作者心里不悲观，他以平常心去对待心愿不能实现时的挫折，表示出作者意趣高远，心胸宽广。

注 释 ZhuShi

① 渗淡：阴暗无色。

② 江淹彩笔空留恨：江淹虽有五彩神笔，妙笔生花，但也留下“江郎才尽”的遗恨。

③ 庄叟：指庄子（约前369—前286）。叟，老人的尊称。庄子著书十余万言，大多为寓言。周显王三十年（前339），周显王派人请庄子去当宰相，他坚决不去，终生未为官。

【19】

孤雁

黄孝先

天寒霜落雁来栖，岁晚川空雁不归。
江海一身多少事，清风明月我沾衣①。

作者简介 Zuozhe Jianjie

黄孝先，约1003年生，字子思，浦城人。北宋诗人杨亿的外甥，天圣二年（1024）进士。

题 解 Tijie

大雁都是群列飞行的，作者将自己比作在天寒霜落的时候的一只落伍的孤雁。世上有多少事要做，但由于失势无援，虽然忠贞不渝，却才能无法施展。

注 释 ZhuShi

① 沾衣：泪水浸湿衣服。

【20】

梦中作

杨 备

月捧蚨钱数甚微①，不知从宦几时归。
东吴②一片烟波在，欲向何人买钓矶③？

作者简介 Zuozhe Jianjie

杨备，字修之，浦城人。著有《历代纪元赋》《姑苏百题诗》《金陵览古诗》《恩平郡谱》等。

题解 Tijie

作者在长溪县当县令时，梦中作了此诗。梦醒以后，他不明白为何在梦中会写这样的诗，自己分明是在福建为官，却写吴中景物，感到奇怪。明道元年（1032），他当华亭县（今上海松江）县令，看见风光优美，民风文雅，于是定居于此，才醒悟当年梦中所作诗句，即意味日后将居住在东吴。

注释 Zhushi

① 月捧蚨钱数甚微：蚨（fú）钱，此句指俸禄微薄。
② 东吴：旧时苏州府或太湖流域全境的泛称。
③ 钓矶（jī）：坐着垂钓的岩石

【21】

烟雨楼①

吴 育

一上危楼七泽②分，胜游平日此怡神。
荆台芜没③千年地，楚④望云披⑤四面春。

作者简介 Zuozhe Jianjie

吴育（1004—1058），字春卿，浦城人。宋天圣五年（1027）试礼部第一，中甲科。庆历五年（1045）任右谏议大夫、枢密副使、参知政事（副宰相）。

题 解 TiJie

此诗是作者到荆州（今属湖北）烟雨楼游览所作。他登楼四望满眼春色，倍感心旷神怡。

注 释 ZhuShi

① 烟雨楼：取唐杜牧“南朝四百八十寺，多少楼台烟雨中”诗意命名。
② 泽：聚水的洼地，如湖泽、沼泽。
③ 芜没：丛生的草淹没。
④ 楚：清晰。
⑤ 云披：檐披，木构建筑凸出部。

【22】

和祖择之咏震山岩彭征君钓台

唐宜春①彭构云隐处

章友直

岩因更号震山居，台上犹存旧钓矶。
一派沧浪②真隐处，澄清尚可濯③尘衣。

作者简介 Zuozhe Jianjie

章友直（1006—1062），字伯益，福建浦城人。博学多才，精通音乐书画，尤其以篆书著称于世。王安石评价他的篆书“与李斯、阳冰相上下”。

题 解 Tijie

此为作者与朋友祖择之游览彭澄钓台的唱和诗。彭构云，字延鉴，号梦鲤，是唐代江西著名的隐士之一，精通黄老道家的学说，曾注《通元真经》一书。

注 释 Zhushi

① 宜春：今属江西省。
② 沧浪：青苍色，多指水色。
③ 濯（zhuó）：洗涤。

【23】

答枢密吴给事充见[1]寄

欧阳修

老得闲来兴味长，问将何事送余光。
春寒拥被三竿日，宴坐忘言一炷香。
报国愧无功尺寸，归田仍值岁丰穰[2]。
枢庭[3]任重才余暇[4]，犹有新篇寄草堂。

作者简介 Zuozhe Jianjie

欧阳修（1007—1072），字永叔，号醉翁，六一居士，江西吉水人。天圣进士，官至枢密副使，参知政事。是北宋古文运动的领袖，列为唐宋八大家之一。与宋祁合修《新唐书》，独撰《新五代史》。

题 解 TiJie

欧阳修闲居在家的时候，浦城人吴充任枢密院事（宰相），吴充把新诗寄给欧阳修，欧阳修以此诗回送给吴充。体现出了欧阳修与吴充的友情深厚。

注 释 ZhuShi

① 见：得到。
② 丰穰：庄稼丰熟。
③ 枢庭：宋朝枢密院的别称。
④ 余暇：空余下的时光。

【24】

登石龙山

赵 抃

石龙山顶拔危巅[①]，我亦登临骨凛然[②]。
直上更无容足地，速回犹是夕阳天。

作者简介 Zuozhe Jianjie

赵抃（1008—1084），字阅道，衢州西安（今浙江衢州）人。宋景祐（1034—1038）进士。曾任崇安（今武夷山市）县令。后任参知政事（副宰相），著有《赵清献集》。

题解 TiJie

石龙山在浦城古楼乡，主峰鹅儿峰，海拔1165.3米。宋代僧人净空曾在这里隐居。山上有龙池、吐米石、老佛洞、云隐寺等胜迹。因龙池下有一块巨石，形如龙首，山名由此而来。

注释 ZhuShi

① 危巅（diān）：危，高的、陡的；巅，山顶。
② 凛（lǐn）然：形容苍凉可畏。

【25】

明智寺

章望之

重复青山里，双峰锁寺门。
楼耸排云阁①，松盘过路根。

作者简介 Zuozhe Jianjie

章望之，约1049年前后在世，字表民，浦城人。章仔钧第四子章仁嵩派下六世孙。宋大中祥符五年(1012)进士。为福建理学先驱者之一。著有文集30卷。

题解 Tijie

此诗为作者游览浙江省宁海县梅林镇明智寺之诗作。

注释 Zhushi

① 楼耸排云阁：楼房在一排的云间。形容高耸。

【26】

泗州岭

元 绛

万里一朱幡①，崎岖度岭关。
路盘云雨际，人在斗牛②间。
发细烟迷树，波翻月照山。
高峰知更远，长日一跻③攀。

作者简介 Zuozhe Jianjie

元绛（1009—1084），字厚之，钱塘（今浙江杭州市）人。宋天圣（1023—1032）进士，曾任翰林学士、参知政事（副宰相）。

题 解 Tijie

泗州岭，一名盘亭岭，在福建浦城县城北 42.5 公里，盘亭乡盘江村东南。海拔 465 米，全长 2.5 公里。旧志称："有僧自泗上入闽，登此岭，见水车碓磨，叹其机巧。人疑为泗州和尚，因名。"岭畔刻有"泗州"两字，民国期间毁弃。

注 释 Zhushi

① 幡（fān）：长方形而下垂的旗子。
② 斗牛：二十八宿的斗宿和牛宿，这里泛指天空。
③ 跻（jì）：登。

【27】

赐章郇国公得象

宋仁宗

阆苑①仙翁福寿遐②，孙登龙首戴宫花。
文章紫殿③无双客，富贵皇朝第一家。
三代姓名喧上国④，七闽声誉冠中华。
凤凰池⑤上标余庆，他日新堤又筑沙。

作者简介 Zuozhe Jianjie

宋仁宗（1010—1063），名赵祯，宋真宗第六子，1023至1063年在位。有《御制集》。

题　解 Tijie

宋庆历七年（1047），章得象封为郇国公（公为国公，古代爵位分公、侯、伯、子、男五等，公为五等爵第一等）。宋仁宗特作此诗祝贺，此诗称赞章得象本人及家族的声誉。

注　释 ZhuShi

① 阆（làng）苑：传说中神仙住处，借指宫苑。
② 遐（xiá）：长久。遐龄：高寿。
③ 紫殿：古人以紫微星垣比喻皇帝的宫殿。　　④ 上国：国都。
⑤ 凤凰池：中书省办公处所。

【28】

赐状元章衡

宋仁宗

十载[①]留心向学堂，果然今日显文章。
灵鳌[②]振处千山动，丹桂开时万里香。
三汲浪中龙现角，九霄云外凤呈祥。
状元帖子金书字，直入朝廷作栋梁。

题解 TiJie

章衡，浦城人，宋嘉祐二年（1057）高中状元，宋仁宗写此诗祝贺。诗中表达了皇帝对章衡的殷切期望。

注释 ZhuShi

① 载（zǎi）：年。

② 灵鳌（áo）：灵，指不常见的事件或祥瑞；鳌，传说中海中的大龟，是神物。灵鳌比喻不寻常的吉祥。

【29】

春日独登蓬莱阁

章岷

郡阁高檐半纳云，危栏徙倚[1]惜芳辰。
澄潮叠嶂新经雨，啼鸟开花各为春。
案有笺毫[2]难赋景，席无歌管[3]懒邀宾。
自怜莫厌登临数，即是葵丘[4]代戍人[5]。

作者简介 Zuozhe Jianjie

章岷，字伯镇，浦城人。北宋天圣五年（1027）进士，曾任福州知州。

题解 Tijie

蓬莱阁，在山东省蓬莱市区丹崖山巅，下临大海。古代传说蓬莱、方丈、瀛洲为海上三仙山，山上有仙人及长生不老药。史载秦始皇、汉武帝都曾为求仙觅药先后来此。神话“八仙过海”的故事就发生在此。此诗是作者独自游蓬莱阁时，所表达的孤独心情。

注释 ZhuShi

① 徙倚（xǐ yǐ）：徙，迁徙；倚，倚靠。登临后靠在高高的扶栏上。

② 笺豪：纸、笔。

③ 歌管：歌女、乐器。指音乐舞蹈。

④ 葵丘：古代地名，在今山东境内。

⑤ 戍（shù）人：戍守边防的人。

【30】

丙申元日过浦城西阳岭

蔡襄

曾侍天王玉几傍，卷帘袍色殿中央。
重霄未彻宫悬乐，上宰初持万寿觞①。
晓日半临幡影转，春风偏送珮声长。
今朝千里穿云岭，喜奉亲舆②返故乡。

作者简介 Zuozhe Jianjie

蔡襄（1012—1067），字君谟，福建仙游人。北宋著名书法家、政治家、茶学家。宋天圣八年（1030）进士，曾任福州、杭州知州，著作有《蔡忠惠集》《茶录》《荔枝谱》等。

题解 TiJie

西阳岭，又名樟元山，此诗是作者在至和三年（1056）元月侍奉双亲回乡经过西阳岭所作。

注释 ZhuShi

① 觞（shāng）：古代盛酒的器皿。

② 舆：轿子。

【31】

宿渔梁驿

蔡 襄

庭树疏疏河汉①低，瓦沟霜白月平西。
寒鸦不奈②单栖③苦，落泊惊飞到晓啼。

题解 TiJie

渔梁，属福建浦城仙阳镇，在县城北22公里，海拔360米。因为当地许多老百姓围塘养鱼而得名。清代有一官员从台湾带来2米多长的鱼脊骨嵌在此处妈祖庙正梁上，以示渔梁之意。渔梁为通京大道，宋代时设渔梁驿。驿，即驿站，是中国古代供传递官府文书和军事情报的人或来往官员途中食宿、换马的场所。

注释 ZhuShi

① 河汉：即银河，泛指天空。
② 不奈：忍受不了。
③ 栖（qī）：鸟类歇宿之称。

【32】

九日与浦城县学诸生游南峰寺

陈襄

九日黄花节①，新樽绿蚁②浮。
投壶③鸣鲁鼓，歌者似商讴④。
诸子衣冠盛，先儒礼乐修。
西岩山景好，为尔作阳秋⑤。

作者简介 Zuozhe Jianjie

陈襄（1017—1080），字述古，福建福州人。宋庆历二年（1042）中进士，曾任浦城县主簿，代理知县。在浦城兴办县学，亲自授课，吸引外地数百人到浦城求学。

题解 Tijie

南峰寺在福建浦城县西，唐代时建，因南面正对西岩山而得名。宋代福建第一位任宰相章得象小时候在此读书。章得象任宰相后，为纪念他先祖章仔钧及练夫人，奏请宋仁宗皇帝，改名为功德院，后为天下章氏的祖祠。这是作者在重阳节与学生游南峰寺所作的诗。

注 释 ZhuShi

① 黄花节：黄花，指菊花，九月菊花盛开，农历九月初九的重阳节又称黄花节。

② 绿蚁：酒面上的绿色泡沫，也作为酒的代称。

③ 投壶：我国古代宴会的礼制，也是一种游戏。

④ 讴（ōu）：歌唱或歌曲。

⑤ 阳秋：指史书。

【33】

题虎啸岩

黄鉴

探奇乍入升真洞，泛渡先来觅虎溪。
劈立高岩容广厦，纡①回流水称幽栖。
楼台错落通窗牖②，石磴参差藉③杖藜④。
天数风光供骋望，更闻山鸟向林啼。

作者简介 Zuozhe Jianjie

黄鉴，约1027年前后在世，字唐卿，浦城人。

题解 TiJie

此为作者游虎啸岩所作的诗，诗中记叙探险寻幽的情况，描绘周围秀丽景色。

注释 ZhuShi

① 纡（yū）：曲折。
② 牖（yǒu）：窗户。
③ 藉(jiè)：通“借”，凭借、依靠。
④ 杖藜（lí）：扶手杖走路。

【34】

送章婺州[1]

曾 巩

方拥使官节，驾言自东还。又闻白丞相，怀绂[2]出九关。
遂纵大船去，欲追讵[3]能攀。已喜所寄径，幽寻足溪山。
仍夸越西部，迥在云林间。屋瓦遍高下，青苍更回环。
穿路竹袅袅，鸣沙水潺潺。会有樽酒适，每需庭讼闲。
况席鼓琴旧，政行故非观。岁暮当趋[4]召，驰归复玉班[5]。

作者简介 Zuozhe Jianjie

曾巩（1019—1083），字子固，江西南丰人，后人称他为南丰先生。宋嘉祐二年（1057）进士，官至中书舍人，为唐宋八大家之一。著有《元丰类稿》。

题 解 TiJie

浦城人章岘于宋治平二年（1065）任婺州知州，所以曾巩称他为章婺州。此是曾巩送章岘之诗。

注 释 ZhuShi

① 婺州：治所在今浙江金华。

② 绂（fú）：系印的丝带，这里是指官印。

③ 讵（jù）：岂。

④ 趋（qū）：因有敬畏之心，碎步快走。

⑤ 玉班：好的职务。

【35】

留题龙隐岩

章岘

碧崖石室俯清涟，蟠蛰灵虬①不记年。
委蜕②去为天下雨，抱珠归作洞中眠。
照开雾脚澄溪月，滴破云根暗穴泉。
负郭③胜游虽信美，桑间④留爱我无缘。

作者简介 Zuozhe Jianjie

章岘，字伯瞻，章仔钧第六子章仁郁派下五世孙，浦城人。宋天圣八年（1030）进士。官至金紫光禄大夫。

题解 Tijie

龙隐岩在广西桂林，此诗是章岘任广南西路提点刑狱转运使时游龙隐岩所作。他对龙隐岩情有独钟，治平四年（1067），重游此地，又作《丁未上巳重游龙隐岩》。

注释 Zhushi

① 虬（qiú）：古代传说中的一种龙。
② 蜕（tuì）：脱去皮壳。
③ 负郭：负，背倚；郭，外城，即靠近城区。
④ 桑间：村落中。

【36】

送章伯镇岷知湖州

司马光

江外饶佳郡，吴兴天下稀。
莼羹①紫丝滑，鲈脍②玉花肥。
星斗寒相照，烟波碧四围。
柳侯③还作牧④，草树转清辉。

作者简介 Zuozhe Jianjie

司马光（1019—1086），字君实，世称涑水先生。陕州夏县（今属山西）涑水乡人。北宋政治家、史学家、文学家。司马光学识渊博，精于史学，曾主持编纂中国历史上第一部编年体通史《资治通鉴》。

题解 TiJie

伯镇是浦城人章岷的字。湖州，治所在今浙江湖州。司马光与章岷交谊深厚，章岷前去湖州任职，司马光作此诗以送。司马光还作有《和章伯镇入馆》。

注释 ZhuShi

① 莼羹（chún gēng）：煮或蒸成浓汁的莼菜。

② 鲈脍（lú kuài）：切得很细的鲈鱼肉。莼菜、鲈脍是吴地风味特佳的名菜。

③ 柳侯：应指柳宗元（773—819），唐代文学家、哲学家。曾任柳州刺史，故又称柳柳州。

④ 牧：古时治民之官，一州的军政长官称州牧。

【37】

岁日书事

吴 充

拂露屠苏[①]酒满巡，越山如鬣[②]水如鳞。
日边虽望龙庭远，海上初传凤历新。
好景融融来破雪，和风细细欲黏人。
莫言老守无心计，排比宾寮[③]醉过春。

作者简介 Zuozhe Jianjie

吴充（1021—1080），字冲卿，福建浦城人。宋宝元元年（1038）进士。官至同中书门下平章事（宰相），是浦城历史上八宰辅之一。

题 解 TiJie

据此诗首句“拂露屠苏酒满巡”，知是吴充在正月初一所作。

注 释 ZhuShi

① 屠苏：酒名。古俗，农历正月初一，家人先幼后长，饮屠苏酒。
② 鬣（liè）：兽类颈上的长毛。此指山多。
③ 宾寮（liáo）：宾，客人；寮，同“僚”。旧时称在同一个部门做官的人。

【38】

雪夜诗

徐 氏

絮①吹柳陌②三春雨，花落梨园一笛风。
百尺玉楼③帘半卷，夜深人在水晶宫。

作者简介 Zuozhe Jianjie

徐氏，吴充的妻子，颇有文才。

题 解 TiJie

此为作者夜晚赏雪之作，清新自如，朗朗上口。全诗写了雪夜景色的纯洁高远，表达了作者的欣喜心情，为宋人诗作中不可多得的精品。

注 释 ZhuShi

① 絮（xù）：某些植物似棉絮的花。
② 陌（mò）：田间小路。
③ 玉楼：此指华丽的高楼。

【39】

送质夫之[1]陕府

王安石

平世求才谩[2]至公，悠悠羁旅[3]士多穷。
十年见子尚短褐[4]，千里随人今北风。
户外屦[5]贫虚自满，樽中酒贱亦常空。
共嫌欲老无机械，心事还能与我同？

作者简介 Zuozhe Jianjie

王安石（1021—1086），字介甫，号半山，江西临川人。北宋著名思想家、政治家、文学家。其女嫁给浦城吴充之子吴安持。王安石为唐宋八大家之一。著作有《临川集》等。

题解 TiJie

质夫为浦城人章楶的字。章楶曾任提举陕西常平，此诗为王安石送章楶上任之作。

注释 ZhuShi

① 之：去，往。
② 谩（màn）：怠慢、轻视。
③ 羁（jī）旅：作客在外。

④ 褐（hè）：布衣，平民的服装。科举时代，称新进士及第授官为释褐，称脱去布衣而换上官服，释褐即做官之意。

⑤ 屦（jù）：麻、葛等制成的单底鞋，为贫民所穿。

【40】

题资福寺

章 衡

在县西招贤里，五代章太傅仔钧功德院

吾家十五祖真容，冠盖蝉联佛寺中①。
力捍一方无血刃，庆流千载有阴功。
文昌②耿耿星常现，桂籍③巍巍世不空。
此日裔孙来展拜，愧无勋业继高风④。

作者简介 Zuozhe Jianjie

章衡（1025—1099），字子平。浦城人。宋嘉祐二年（1057）进士第一，是浦城历史上四状元之一。著有《编年通载》。

题 解 TiJie

资福寺坐落在浦城县仙阳镇阳墩村遣源自然村（旧属招贤里），背靠黄柏山余脉，面对乌凤阳坂，为章仔钧功德院。作者为章仔钧七世孙，曾为资福寺捐置田亩6000贴。作者这首七律高度概括浦城章氏的家族史。章仔钧驻扎西岩山三十余年，保境安民，所以诗称“力捍一方无血刃”。章仔钧夫人练窩，宁愿身先死，保全建州（今建瓯）百姓，因称“庆流千载有阴功”。章仔钧的15个儿子均有所作为，至章衡时，浦城章家有状元章文谷、章衡，宰相有章得象、章惇、章楶。“十代登科二百人”。因之诗称：“文昌耿耿星常现，桂籍巍巍世不空。”

注 释 ZhuShi

① 吾家十五祖真容，冠盖蝉联佛寺中：资福寺有章仔钧十五子真容画像。民国初，章贻贤编的《章氏会谱》还提到资福寺有十五子真容遗像。是这样记叙的："前查太傅公、练夫人暨十五祖真容供奉资福寺，现拟谨绘摹。"

② 文昌星：星名，又名文曲星、文星，中国神话主宰功名、禄位的神。

③ 桂籍：古以折桂比喻科举及第，因之登科称桂籍。意为家族中考取功名的人。

④ 愧无勋业继高风：高风，良好的家风。身为状元郎，章衡此诗写道"愧无勋业继高风"实际上是在列祖列宗面前所做的谦辞。

【41】

水龙吟·杨花

章　楶

燕忙莺懒花残，正堤上、柳花飘坠。轻飞乱舞，点画青林，全无才思。闲趁游丝，静临深院，日长门闭。傍珠帘散漫，垂垂欲下，依前被、风扶起。　兰帐[1]玉人[2]睡觉，怪春衣、雪沾琼缀。绣床旋满，香球无数，才圆却碎。时见蜂儿，仰粘轻粉，鱼吞池水。望章台路[3]杳[4]，金鞍游荡，有盈盈泪。

作者简介 Zuozhe Jianjie

章楶（1027—1102），字质夫。浦城人，北宋名将、诗人。宋治平二年（1065）中进士。宋徽宗初，任同知枢密院事（副宰相）。著有《寄亭诗遗》《成都古今诗集》，世称章楶“词有织绣功夫”。

题解 Tijie

水龙吟，词牌名，又名“小楼连苑”、“龙吟曲”，双调102字，仄韵。章楶不但是北宋名将，还是一位文学家。此词作于元祐二年（1087），宕之志寓缠绵之情，备受名家称颂，苏东坡便写有《水龙吟·次韵章质夫杨花词》。南宋魏庆之《诗人玉屑》载：“质夫词中‘傍珠帘散漫，垂垂欲下，依前被、风扶起’，亦可谓曲尽杨花妙处。东坡所和虽高，恐未能及。”由于章楶杨花词功底厚、格调高，众多名家仰慕，争相唱和。继苏东坡之后，抗金名将李纲亦有和韵。直到明代仍和韵不绝。明初文学宋濂、万历间吏部尚书赵南星、崇祯间词人钱继章均作有《水龙吟·咏杨花和章质夫韵》。

这是一首咏絮词，上片写暮春季节、风吹柳絮的情形；下片写杨花四处飘落的景致。作者通过拟人手法，委婉含蓄地表露了离情。全词写得婉丽工巧，新颖别致，把杨花形象描绘得栩栩如生。

注释 ZhuShi

① 兰帐：旧时女子居室的美称。

② 玉人：容貌美丽的女人。

③ 章台路：西汉长安有章台街，很繁华，后多喻妓女聚居之地或作妓院等地的代称。

④ 杳（yǎo）：深远，见不到踪影。

【42】

渔梁

蒋之奇

道山[1]风兼雨，林间雪压霜。
无衣无褐者，何以过渔梁[2]？

作者简介 Zuozhe Jianjie

蒋之奇（1031—1104），字颖叔。江苏宜兴人。宋嘉祐二年（1057）进士。曾任杭州知州。著有《尚书集解》《孟子解》等。

题解 TiJie

此诗是作者经过浦城仙阳渔梁时作，全诗描绘了雪夜渔梁的独特景色，其中“无衣无褐者，何以过渔梁”一句，也成为了浦城人所熟知的俗语。

注释 ZhuShi

① 道山：借喻为人文荟萃之地。

② 无衣无褐（hè）者，何以过渔梁：渔梁村北风扇凹，为风口，气候很寒冷，民谚称“无衣无裳，莫过杉坊渔梁”。褐，指粗布衣服。

【43】

寄苏子瞻在湖州①

章　惇

君方阳羡②卜新居，我亦吴门③寻旧庐④。
身外浮云轻土苴⑤，眼前陈迹付籧篨⑥。
涧声山色苍云上，花影溪光罨⑦画除。
他日扁舟约来往，共将诗酒狎⑧樵渔。

作者简介 Zuozhe Jianjie

章惇（1035—1105），字子厚，浦城人，北宋政治家、改革家。宋嘉祐四年（1059）进士。曾任宰相，为浦城历史上八宰辅之一。

题　解 TiJie

章惇出守湖州，曾寄二诗给苏东坡。此诗为其中一首。宋代施元之所注苏轼诗中，对此作了评注："子厚豪隽，善属文，再举甲科，调商洛令，以三司使出知湖州。子厚好论出世间法，故诗中多用学仙事。东坡既买田阳羡，子厚在湖州寄诗云（见前）。是时子厚二亲无恙，故坡诗（苏东坡和章惇诗）有：两扈春酒真堪美，独当人间分外荣。"此诗描写外放为官原理政治中心之旷达之情。

注　释 ZhuShi

① 湖州：治所在今浙江吴兴。

② 阳羡：古县名，治所在今江苏宜兴。

③ 吴门：因湖州治所在吴兴，因称湖州为吴门。

④ 庐：房舍。

⑤ 土苴（jū）：泥土和枯草，比喻极其轻贱的事物。

⑥ 籧篨（qú chú）：粗竹席。

⑦ 罨（yǎn）：捕鱼的网，亦即用罨来捕取。

⑧ 狎（xiá）：亲近，亲热。

【44】

水龙吟·和章质夫杨花韵

苏　轼

似花还似非花，也无人惜从教坠。抛家傍路，思量却是，无情有思。萦①损柔肠，困酣②娇眼，欲开还闭。梦随风万里，寻郎去处，又还被，莺呼起。　不恨此花飞尽，恨西园、落红难缀③。晓来雨过，遗踪何在？一池萍碎。春色三分，二分尘土，一分流水。细看来不是杨花，点点是离人泪。

作者简介 Zuozhe Jianjie

苏轼（1037—1101），字子瞻，号东坡居士，眉州眉山（今属四川省眉山市人）。唐宋八大家之一，词开豪放一派。著有《东坡七集》《东坡易传》《东坡乐府》等。

题　解 Tijie

此词为章楶《水龙吟·杨花》的和词，苏东坡读了章楶的《水龙吟·杨花》后，顿觉立意新颖，笔力雄健，于是写词和之。

注　释 Zhushi

① 萦（yíng）：缠绕。
② 酣（hān）：酒喝得很畅快。
③ 缀（zhuì）：连接、拼合。

【45】

飞来山

叶 棣

乱山深处欸①禅扃②，十里松荫步障行。
翠竹黄花几开落，南星北斗自高明。
楼台日转天边影，钟磬③风回地底声。
为问闽江船钓客，谢家谁更未知名。

作者简介 Zuozhe Jianjie

叶棣，福建浦城人。宋熙宁六年（1073）进士，曾任福州知州。

题 解 Tijie

此诗为作者在福州任职时游览飞来山所作，宋代诗人王安石曾写《登飞来峰》一诗：“飞来山上千寻塔，闻说鸡鸣见日升。不畏浮云遮望眼，自缘身在最高层。”尤其是最后两句蕴含着深刻的哲理：人不能只为了眼前的利益，应该放眼大局和长远。飞来峰，一说在浙江绍兴城外，一说在杭州西湖灵隐寺前。王安石这首诗虽然写的不是福州的飞来山，但可以作为叶棣这首诗的阅读参考。

注 释 Zhushi

① 欸（èi）：答应声。

② 扃（jiōng）：门户。

③ 钟磬（qìng）：钟，古代击乐器，青铜制。磬，古代乐器，用石或玉雕成。

【46】

西岩山雪

李 堪

西山岌岌[1]倚层霄，爽气恒多瘴气[2]消。
谁道闽中无雨雪，年年树顶见琼瑶[3]。

作者简介 Zuozhe Jianjie

李堪，字仲任，宋朝人。

题 解 Tijie

此诗为作者在冬季游浦城西岩山之作，作者应为北方人，见惯了“北国风光，千里冰封，万里雪飘”的壮丽景观，然而，当他看见位于南方的西岩山上的雪景，心中也不免涌现出欣喜之情。

注 释 Zhushi

① 岌（jí）岌：形容高大。
② 瘴（zhàng）气：旧指南方山林间湿热蒸郁致人疾病的空气。
③ 琼瑶：美玉，此处用以比喻雪。

【47】

次韵翟公巽猩猩[1]毛笔

何去非

貌妍足巧语，躯恶招歞歈[2]。赋形具人兽，宁脱荆榛[3]居。
肉尝登鼎俎[4]，饷馈传甘腴[5]。失计堕醉乡，颠踬[6]无与扶。
柔毫付束缚，航海归仙癯[7]。浴质逸少池，擒藻知章湖。
杀身固有用，赋茅从众狙。坐令宣城工，无复夸栗须。
文房甲四宝[8]，万兔惭蒙肤。数管友十年，闭门赋《三都》[9]。
之子信豪迈，嗜学每致劬[10]。未冠游胶庠，已推经行儒。
蓬山天禄阁，峥嵘凌碧虚。期予早登蹑[11]，同舍校鲁鱼[12]。

作者简介 Zuozhe Jianjie

何去非，字正通，浦城人。北宋军事理论家、历史上第一个武学博士。曾参与校订《孙子》《吴子》等书，著有《何博士备论》。

题 解 TiJie

翟巽，字三丈，北宋人，曾任会稽（今浙江绍兴）太守，有一支用猩猩毛做的毛笔，他为此作了诗述其事，何去非以此诗和之。

注 释 ZhuShi

① 猩（xīng）猩：亦称褐猿。哺乳纲猩猩科，体高可达1.4米，毛长，

呈赤褐色。树栖，在地上能直立行走。

② 歋歈（yē yú）：戏弄、嘲笑。

③ 荆榛（jīng zhēn）：荆，丛生灌木；榛：落叶灌木或小乔木，皆有刺。

④ 鼎俎（dǐng zǔ）：鼎和俎，古代祭祀时放祭品的器物。

⑤ 腴（yú）：肥。

⑥ 颠踬（diān zhì）：跌倒，跌跌撞撞的样子。

⑦ 癯（qú）：瘦。

⑧ 文房甲四宝：纸、墨、笔、砚四种文具称文房四宝。

⑨ 《三都》：《三都赋》，篇名，西晋左思作。相传他构思十年才写成《蜀都赋》、《吴都赋》、《魏都赋》三赋。据说时人争相传抄。

⑩ 劬（qú）：劳累。

⑪ 蹑：蹑足攀登。

⑫ 鲁鱼：鲁和鱼的篆文字形相似，容易写错，后因称书籍或刊印的文字错误为“鲁鱼”。

【48】

黄几道郎中同年挽词

苏　辙

温恭[①]天赋此心良，惠爱人知政术[②]长。
井水无波任瓶绠[③]，牛刀投隙应宫商[④]。
分符出遍名城守，携被归从华省郎。
不到汝阴遗恨远，坐令湖水减清光。

作者简介 Zuozhe Jianjie

苏辙（1039—1112），字子由。苏洵之子，苏轼之弟，四川眉山人。宋嘉祐二年（1057）进士，为唐宋八大家之一。著有《栾城集》等。

题解 TiJie

黄好谦，字几道，浦城人与苏辙同年考中进士。曾任监察御史、驾部郎中，因此苏辙诗题称黄几道为郎中。陈州（治所在今河南淮阳）知州张圣民与黄好谦交情很好。苏辙与他们曾在陈州相遇。过了30年，当时欢聚的宾客健在的已经不多了，黄好谦又不幸去世。苏辙很悲伤，特为黄好谦作此挽词。

注 释 zhushi

① 温恭：儒家倡导的为人美德温良恭俭让。

② 政术：执政水平与能力。

③ 绠（gěng）：汲水桶上的绳索。

④ 宫商：我国古代音乐音阶的音级，比喻音乐节奏。

【49】

思贤

黄庭坚

杨家事业绝当时①，百家疏通问不疑。
高文大册②书鸿烈，润色论思禁林杰。
堂堂司直社稷③臣，谏有用否不辱身。
劲气坐中掩虎口，忠言天上婴龙鳞④。
忍能持禄保卒岁，归去求田问四邻。
今时此事久索漠⑤，吾恐九原公可作。
我来回首行路难，城郭参差夕照间。
风急饥乌噪乔木，孤坟牢落⑥具茨山⑦。

作者简介 Zuozhe Jianjie

黄庭坚（1045—1105），字鲁直，号山谷老人，江西修水人。宋治平四年（1067）进士。开创江西诗派。与苏轼齐名，世称“苏黄”。有《山谷诗》等。

题解 Tijie

此诗，是作者经过杨亿墓时，想起杨亿的高风亮节，有感而作。宋大中祥符五年（1012）十二月二十四，朝廷讨论立刘氏为皇后之事，多数大臣都以为不适合。宋真宗想由杨亿起草文书，并命宰相丁谓传旨。丁谓对杨亿说：“大年（杨亿的字）勉为此，不忧不富贵。”杨亿说：“如此富贵，亦非所愿也。”

杨亿抗旨，宋真宗命其他学士撰写。杨亿得罪宋真宗，次年五月二日，没有报告朝廷，即逃到阳翟（今居河南禹县）别墅。黄庭坚盛赞杨亿的文章和刚直，并为之惋惜，认为他是个贤人。

注 释 *ZhuShi*

① 绝当时：冠绝那个时代。

② 高文大册：指古代朝廷的诏令、制诰等重要文书。

③ 社稷（jì）：指国家。

④ 婴(yīng)龙鳞：婴，即撄，触犯，此句是比喻臣子因进言而触怒皇帝。

⑤ 索漠：形容消沉。

⑥ 牢落：形容无所寄托。

⑦ 茨山：长满芦苇、茅草的山间。

【50】

义门寺诗

吴安持

宿云①含雨柳依依，古寺萧条②过客稀。
秋蕊满庭红不扫，只应天女散花③归。

作者简介 Zuozhe Jianjie

吴安持，浦城人。北宋宰相吴充之子、宰相王安石之婿。官至工部侍郎，终天章阁待制。

题解 Tijie

此为吴安持游览义门寺之诗作。义门寺，在今安徽省亳州市谯城区，是曹操少年读书处。

注释 Zhushi

① 宿云：隔夜的云。
② 萧条：冷落、凋零。
③ 天女散花：佛经故事。后多以“天女散花”形容抛洒东西或大雪纷飞的样子。诗中用以描述庭院中飘落于地的花瓣。

【51】

寄父诗

吴夫人

西风不入小窗纱，秋意应怜我忆家。
极目江山千万憾①，依然和泪看黄花②。

作者简介 Zuozhe Jianjie

吴夫人，王安石长女。宋工部侍郎吴安持妻，吴充儿媳，封蓬莱县君。

题解 TiJie

吴夫人诗歌造诣很深，王安石称他“出于蓝而更深”。吴夫人嫁到吴家，十分想念娘家，她多次写诗文寄娘家，“家书无虚月”、“书每说涕零”，此七绝即是一首思家诗歌。

注释 ZhuShi

① 憾（hàn）：悔恨，心中感到有所缺欠。

② 黄花：菊花。

【52】

寄永州通判吴晞远骏致仕诗

祖秀实

官路声名二十年，江乡旧仰贰车[1]贤。
推将事业归尘外，收得功夫到酒边。
解榻几闻招隐士，炷香终日对韦编[2]。
公朝况是登耆哲，早晚蒲轮[3]稳着鞭。

作者简介 Zuozhe Jianjie

祖秀实，字去华。浦城人。宋宣和二年（1120）释褐第一。靖康之难，金兵进入太学索要粮米，祖秀实挺身而出，大声呵斥，被金兵用剑击昏。宋高宗得知此事后，给予褒奖，并升他为礼部郎中。

题 解 TiJie

吴骏，字晞远，浦城人。宋元丰八年（1085）进士。曾任永州通判，不久告老辞官，祖秀实以此诗寄之。

注 释 ZhuShi

① 贰车：副职。通判在州中官职为副职。
② 韦编：韦，熟牛皮。古代用竹筒书写，用熟牛皮把竹筒编联起来，叫“韦编”。后用为一般古籍的代称。
③ 蒲（pú）轮：蒲，水生植物。指车轮用蒲裹住，使其转动时震动较小。

【53】

梦笔山

黄伯云

芙蓉幻[1]出画难成，文藻由来属俊英。
五彩曾遗当日梦[2]，百年犹勒[3]故山名。
岁寒寥落[4]松筠秀，月夜悲凉鹳鹤惊。
惆怅[5]江郎人去远，载瞻南浦暮云横。

作者简介 Zuozhe Jianjie

黄伯云，宋朝人。

题　解 TiJie

此诗是作者游览梦笔山时，怀念江淹之作。梦笔山因江淹而声名远扬，后人赞叹梦笔山的诗词层出不穷。

注　释 ZhuShi

① 幻：变化。
② 五彩曾遗当日梦：是指当时江淹住宿于此，梦到神人赠送他五彩神笔之事。
③ 勒：刻。
④ 寥（liáo）落：寂寞。
⑤ 惆怅：因失望而哀伤。

【54】

登浮盖山

汪 藻

策杖扪萝①到岭头，十年曾此一经游。
澄涵②泉泻东西涧，突矶③山蟠④南北州。
翠顶冻云寒六月，丹炉留药暖千秋。
腾身已出尘寰⑤外，更欲乘风傍斗牛。

作者简介 Zuozhe Jianjie

汪藻（？—1154），字彦章，号浮溪，德兴（今属江西）人，宋崇宁（1102—1106）进士。历官屯田员外郎、太常少卿、起居舍人、兵部侍郎兼侍讲、翰林学士、龙图阁直学士、显谟阁学士等。汪藻手不释卷，博览群书。著有《浮溪集》。

题 解 Tijie

汪藻是游览浮盖山留下文字记载的第一人。除此首外，还有《浮盖山松岩洞》《石人峰》《游浮盖山》等。

浮盖山，一名盖仙山，在浦城县。北起筋竹，东至官路乡驻地和姚宅村，南迄官路乡河村，西环盘亭乡庙湾、柳墩。方园30余公里，为闽、浙两省界山、仙霞岭余脉，顶峰海拔1146.4米。因盘石累叠，下者为盘，上者如盖，故名。山中怪石拏云，飞崖削翠，有唐代寺庙大云寺。明徐霞客曾游历此山，写有《游浮盖山记》。

注 释 zhushi

① 扪萝（mén luó）：扪，执持。萝，莪蒿，通常指某些能爬蔓的植物。

② 涵：包容，涵养。

③ 矶（wù）：形容岩石高耸。

④ 蟠（pán）：盘曲而伏。

⑤ 尘寰（huán）：指人世间。

【55】

题绿波亭

陈 渊

南浦江波绿，阳关①柳色青。
夕阳千古恨，分付短长亭②。

作者简介 Zuozhe Jianjie

陈渊（1075—1154），字知默，初名渐，字几叟，福建沙县人。青年时拜北宋哲学家、文学家杨时为师，专攻儒学二程（程颢、程颐）。杨时十分欣赏陈渊，还把女儿许配给他。陈渊是杨时门下著名学者，著有《默堂集》。

题解 TiJie

绿波亭，在南浦桥南，取江淹“春水渌波”句为名，今已废圮。此为作者游绿波亭所作。

注释 ZhuShi

① 阳关：出自《阳关曲》，后常代指送别亲朋之处所。
② 短长亭：旧时驿道五里一短亭，十里一长亭。指送别之处。

【56】

绍兴府寒食湖山游人

章谊

江南春色胜常年，蚕妇耕夫笑语妍①。
日永湖山纵游屐②，夜深箫鼓更划船。
羁③人半作吴侬语，骚客④休吟楚些篇⑤。
服叛招携有长算，会移丰乐到齐燕。

作者简介 Zuozhe Jianjie

章谊（1078—1138），字宜叟，浦城人。宋崇宁二年（1103）进士。官至户部尚书。

题解 Tijie

寒食，节令名，在清明节前一天。此诗描绘寒食节这天，作者在绍兴湖山游览的情景。

注释 Zhushi

① 妍（yán）：美丽、美好。
② 屐（jī）：鞋子的一种，通常指木底的，或有齿，或无齿，也有草制或帛制的。
③ 羁（jī）：系住、停留。
④ 骚（sāo）客：泛指诗人、风雅人士。
⑤ 楚些篇：楚辞，些为楚辞中的特有用语。

【57】

水龙吟·和章质夫杨花韵

李 纲

晚春天气融和，乍惊密雪烟空坠。因风飘荡，千门万户，牵情惹思。青眼①初开，翠眉才展，小园长闭。又谁知化作、琼花玉屑，共榆荚，漫天起。　深院美人慵②困，乱云鬟、尽从妆缀。小廊回处，氍毹③重叠，轻拈却碎。飞入楼台，舞穿帘幕，总归流水。怅④青春又过，年年此恨，满东风泪。

作者简介 Zuozhe Jianjie

李纲（1083—1140），字伯纪，福建邵武人，宋政和进士。抗金名臣，民族英雄。李纲能诗善文，写有不少爱国篇章。著有《梁溪先生文集》《梁溪词》等。

题解 TiJie

此为作者和章楶《水龙吟·杨花》之作。李纲既是民族英雄，又是著名诗人。这首《水龙吟》，说明李纲对章楶的《水龙吟·杨花》一词也很喜爱。

注 释 *ZhuShi*

① 青眼：称对人喜爱和器重。

② 慵（yōng）：懒散。

③ 氍毹（qú shū）：毛织的地毯。

④ 怅（chàng）：失意、懊恼。

【58】

子期岩

周 因

闻得当年华子期，闲敲石鼓动人时①。
云间却笠人何在②，不见临流别世诗。

作者简介 Zuozhe Jianjie

周因，字与道，宋绍圣四年（1097），进士，曾任京西转运副使、太府司农少卿、荆湖南路转运使。

题 解 Tijie

子期岩，又名子期山、株林山，在浦城县莲塘镇西墩村境，南浦溪绕山而过。秦末，东园公、角里先生、绮里季、夏黄公隐于商山（今陕西商县东南），年皆80余，时称“商山四皓”。有一弟子名叫华子期，他在浦城的株林山修炼。此山因而得名。

注 释 ZhuShi

① 闲敲石鼓动人时：据明万历《浦城县志》载：“华子期在此修炼，有神人指台前石语之曰：‘待此石鼓鸣，汝功行满矣。’子期一日扣之，石果有声，遂升仙而去。”

② 云间却笠人何在：却，除去，丢掉。笠，笠帽，用竹箬或棕皮等编成。据明万历《浦城县志》载：“昔华子期得道日，入此山却笠而坐，俄顷云生，腾空而去”。

【59】

妙亭观

章渊

桃花流水小桥斜，古观①临溪翠竹遮。
闻道双成有遗迹，欲求金鼎看丹砂②。

作者简介 Zuozhe Jianjie

章渊，字伯渊，章惇之后。浦城人。著有《槁简赘笔》。

题解 Tijie

此诗为作者游览妙亭观而作。浦城章氏贤才辈出。章渊也不负祖辈，文才出众，这一首《妙亭观》写得清丽鲜活。

注释 ZhuShi

① 观（guàn）：道教的庙宇。
② 丹砂：古代道教炼药多用朱砂，因称丹砂。

【60】

南浦五言小诗

朱 松

一雨缘南浦，波明柳荫①门。
遥知湔②裙处，为我一攀翻。

作者简介 Zuozhe Jianjie

朱松（1097—1143），字乔年，号韦斋。朱熹之父，婺源（今属安徽）人。中进士后，在任政和县尉时，得知浦城人萧顗从学杨时归来，登门拜萧顗为师。

题 解 Tijie

此为朱松到浦城所作。原题为《南浦五言小诗三首》，此为其中一首。南浦为浦城别称，取江淹《送君南浦》句而得名。

注 释 ZhuShi

① 荫：遮蔽。
② 湔（jiān）：洗涤。

【61】

金斗山望瀑布

刘子翚

路穷岩瀑挂，爽气净尘氛。
溜[1]险时依壁，源高半隔云。
入池惊练[2]尽，触石听雷分。
接胜多幽侣，篴[3]声破藓纹。

作者简介 Zuozhe Jianjie

刘子翚（1101—1147），字彦冲，自号病翁，世称屏山先生，福建崇安（今武夷山市）人。南宋理学家、文学家、教育家，朱熹是他的学生。

题　解 TiJie

金斗山，在浦城水北街镇观前村境，雄踞南浦溪畔，与金山、银山对峙，顶峰海拔418米。山上有金斗庵，故名。庵供奉元玄帝，故又称小武当山。胜景有瀑布、一笔峰、望江台、仰狮峰、仙床石、玉带泉、红花石、石洞等。所产红菇，以肉厚味美闻名。朱熹曾游此，明徐霞客写有游记。

注 释 ZhuShi

① 溜：急流。

② 练：练过的布帛，多指洁白的熟绢，此将瀑比作练。

③ 筇（qióng）：竹名。筇竹可以作杖，因称杖为筇。

【62】

乙亥岁①除渔梁村

黄公度

年来似觉道途熟，老去空更岁月频②。
爆竹一声乡梦破，残灯永夜客愁新。
云容山意商量雪，柳眼桃腮领略春。
想得在家小儿女，地炉相对说行人。

作者简介 Zuozhe Jianjie

黄公度（1109—1156），字师宪，福建莆田人。宋绍兴八年（1138）进士第一。著有《汉书镌误》《知稼翁集》《知稼翁词》。

题解 TiJie

此为作者在绍兴二十五年（1155）经过浦城渔梁村时所作。写渔梁的诗词很多，黄公度这首诗，写在年终岁首，写出了浓浓的乡愁，以及对家乡、对家人的深切思念。真可谓是“每逢佳节倍思亲”。

注释 ZhuShi

① 乙亥岁除：乙亥，按中国传统的干支纪年法标示的年份，每六十年一个轮回，乙亥年，为1155年。岁除，除夕日。

② 频（pín）：屡次，连续多次。

【63】

感春诗

施宜生

感事伤怀谁得知？故园闲日自晖晖①。
江南地暖先花发，塞北天寒迟雁归。
梦里江河依旧是，眼前阡陌似疑非。
无愁只有双蝴蝶②，解趁残红作阵飞。

作者简介 Zuozhe Jianjie

施宜生（？—1160），初名逵，字明望，自号三宜老人。入金官至礼部尚书。《程史》以为福州人，《夷坚志》以为邵武人，《耆旧续闻》以为建阳人，元朝元好问《中州集》以为浦城人，《金诗纪事》也以施宜生为浦城人。

题解 Tijie

此为作者思念故乡之作。乡情，是人类情感的永恒之题，诗人远在他乡，放眼满眼春色，思乡之情油然而生。

注释 ZhuShi

① 晖：日光。
② 蝴蝶：梦的别称。《庄子·齐物论》，庄周梦为蝴蝶，蝴蝶生动活泼，后将蝴蝶作为梦的别称。

【64】

忆秦娥

孙道绚

秋寂寞，秋风秋雨伤离索①。伤离索，老怀无奈，泪珠零落②。　　故人一去无期约，尺书③忽寄西飞鹤。西飞鹤，故人何在，水村山郭。

作者简介 Zuozhe Jianjie

孙道绚，南宋才女、黄铢母，号冲虚居士，由崇安（今武夷山市）迁居浦城。自幼聪颖，书史无所不读。所作文章、诗词甚多，晚年遭火灾被焚。清梁章钜称她的词与李清照的词不相上下。

题解 TiJie

《忆秦娥》，词牌名。世传李白首作此词，中有“秦娥梦断秦楼月”句，故名。又名《秦楼月》《碧云深》等。此词为思念故人之作。

注释 ZhuShi

① 离索：“离群索居”的略语，离开同伴而孤独地生活。

② 零落：零零落落的略语，稀疏、不集中。

③ 尺书：书信。

【65】

道中病疡[1]久不饮酒，至渔梁小酌[2]，因赋长句

陆 游

我行浦城道，小疾屏[3]杯酌。癣疥[4]何足言，亦复妨作乐。
此身会当坏，百岁均电雹。胡为过自惜，龛[5]卧困针烙[6]。
未尝脍噞喁[7]，况敢烹郭索[8]。今朝寓空驿，窗户寒寂寞。
悠然忽自笑，顿解贪爱缚。红烛映绿樽[9]，奇哉万金药。

作者简介 Zuozhe Jianjie

陆游（1125—1210），字务观，号放翁，山阴（今浙江绍兴）人。南宋文学家、史学家、爱国诗人。

题 解 Tijie

据上海古籍出版社1985年11月第1版于此山著《陆游年谱》（增订本），宋淳熙五年（1178），陆游“秋抵杭州，召对，除提举福建路常平茶事”，“冬季赴闽任，途经干溪、枫溪、牌桥、奴寨、绣川驿、湖头寺、衢州、仙霞岭、渔梁驿、梦笔驿诸处”。此诗当为此时所作。陆游一路奔波，赴闽上任。翻过仙霞岭，夜宿福建浦城渔梁驿。时值严冬天气，留宿在这“无夜无裳，莫过杉坊渔梁”的驿馆，他旅游劳累，一路未饮酒的陆游，对着红烛饮酒，顿觉疾病解缓，惊呼浦城酒是“万金药”。

注 释 zhushi

① 疡（yáng）：皮肤破而溃烂。

② 酌（zhuó）：饮酒。

③ 屏（bǐng）：控制住。

④ 癣疥（xiǎn jiè）：皮肤病。

⑤ 惫（bèi）：疲乏。

⑥ 烙（lào）：用烧热的铁器熨烫。

⑦ 脍唅喁（kuài yǎn yóng）：脍：较细的鱼肉。唅：鱼在水面张口呼吸；喁：鱼口向上露出水面，指活鱼。

⑧ 郭索：形容蟹爬行，即活的蟹。

⑨ 樽（zūn）：酒杯。

【66】

宿渔梁驿五鼓[①]起行有感二首

陆游

忆从南郑[②]客成都，身健官闲一事无。
分骑霜天伐狐兔，张灯雪夜掷枭卢[③]。
百忧忽堕新衰境，一笑难寻旧酒徒。
投宿渔梁溪绕屋，五更听雨拥篝炉。

少时谈舌坐生风，管葛[④]奇才自许同。
闭户著书千古计，变名学剑十年功。
酒醒顿觉狂堪笑，睡起方知梦本空。
它日故人能忆我，葛仙[⑤]矶畔觅渔翁。

题 解 TiJie

陆游前夜围着篝炉边取暖边小酌，疲惫的身体得到恢复，疾病顿时得以痊愈，清晨四五时，就起身上路，有感而发，写下此诗。

注 释 ZhuShi

① 鼓：古代夜间击鼓报更（时），一夜五更，每更约两小时，五更指凌晨四五点钟。
② 南郑：县名，在陕西省西南部，邻近四川省。
③ 枭（xiāo）卢：古代一种游戏。

④ 管葛：指管仲和诸葛亮两位古代名相。

⑤ 葛仙：指晋代葛洪，葛洪在浙江杭州西湖北岸炼丹，故名葛岭。由流纹岩组成，登岭上可俯瞰全湖。

【67】

南浦

詹 慥

南浦随花去，回舟[1]路已迷。
暗香[2]无处觅[3]，日落板桥西。

作者简介 Zuozhe Jianjie

詹慥，字应之，浦城人。曾任赣州信丰县县尉。

题 解 TiJie

此为作者坐船在南浦溪游览时所作的诗。驾一叶小舟，在绿波上荡漾，两岸的鲜花，竞相开放，缕缕清香，沁人心脾。夕阳缓缓落下，既给人美感，又令人惆怅。《南浦》一诗，写的就是诗人这种复杂的心绪。

注 释 ZhuShi

① 回舟：驾船返回。
② 暗香：幽香。
③ 觅（mì）：寻找。

【68】

题周氏溪园溪亭

朱熹

循①涧辟②芳园，结亭对虚壁。
澄③潭俯幽鉴④，空翠仰寒滴。
主人心事远，妙寄尘浪隔。
岂为功名期，而忘此亭石。

作者简介 Zuozhe Jianjie

朱熹（1130—1200），字元晦，一字仲晦，号晦庵，别称紫阳。福建尤溪出生，长期居住武夷山市，葬在建阳。绍兴十八年（1148）进士。著名的理学家、儒家思想的集大成者，“闽学”始祖，世人尊称他为“朱子”。

题解 Tijie

淳熙三年（1176）春，朱熹写信给吕祖谦，约定取道浦城入浙江，到常山祭祀已故好友汪应辰，然后过开化到婺源扫墓。三月中旬，朱熹在蔡元定的陪同下先到浦城，游周氏溪园、天湖、将军岩、金斗山，作诗吟唱。

周氏溪园，为浦城人周嗣武所建的园林。周嗣武，字功父、功甫，周因之孙。他在家乡临溪建园，规模甚为可观。朱熹应邀入园参观，故作此诗。

注 释 | ZhuShi

① 循：顺着。

② 辟：开辟。

③ 澄：清澈澄碧（的潭水）。

④ 鉴：当镜子照。

【69】

刘圭父约为金斗之游，次韵[1]献疑聊发一笑

朱 熹

几度春风未破寒，远峰晴露玉巑岏[2]。
不成蜡履携筇去，且复钩窗柱颊[3]观。
闻道追游当作意，故应期日[4]尚能宽。
阴崖[5]冻合无垂练，却恐诗翁兴易阑[6]。

题 解 TIJIE

刘圭父，即刘圭，朱熹友人，他约朱熹到浦城金斗山游览。他先写七律一首，此诗是朱熹和刘圭之作。

注 释 ZHUSHI

① 次韵：比照诗韵而作，又称步其韵。
② 巑岏（cuán wán）：形容山高大险峻。
③ 颊（jiá）：面颊，脸的两侧。
④ 应期日：应：履约。期日：期满之日，约定中的最后日期。
⑤ 阴崖：山的北面崖壁。
⑥ 阑（lán）：阻挡、阻止。

【70】

铁笛亭

黄 铢

铁笛岩畔旧有亭。
一声苍壁①裂，再奏蛟龙②悲。
事往迹犹在，山空人不归。

作者简介 Zuozhe Jianjie

黄铢（1131—1199），字子厚，原居福建崇安（今武夷山市），后随母孙道绚迁居福建浦城。与朱熹为同门学友，著有《谷城集》。

题 解 Tijie

铁笛亭在今浦城仙楼山。相传东京道人李陶真善吹铁笛，曾在仙楼山小亭上吹笛，故名铁笛亭。

注 释 Zhushi

① 苍壁：青黑色的崖壁。

② 蛟(jiāo)龙：古代传说中的动物，蛟龙得水，即能兴云雾，腾飞太空。

【71】

效孟郊体

詹体仁

闲庭生柏影，荇藻[①]交行路。
忽忽如有人，起视不见处。
牵牛[②]秋正中，海日夜疑曙[③]。
野夜吹空巢，波涛在孤树。

作者简介 Zuozhe Jianjie

詹体仁（1143—1206），字元善。浦城人。宋隆兴元年（1163）进士，为朱熹学生，真德秀的老师。

题解 Tijie

孟郊（751—814），唐诗人，字东野，今浙江德清人。少隐居嵩山。与韩愈交谊颇深。近50岁才中进士。诗多寒苦之作，感伤自己的遭遇，用字造句力避平庸浅率，追求瘦硬。长于五言古诗，称作孟郊体。与贾岛齐名，有“郊寒岛瘦”之称。这诗为效仿孟郊体风格之作。

注释 Zhushi

① 荇藻（xìng zǎo）：水生植物。
② 牵牛：星官名，即“河鼓二”，俗称“牛郎星”。
③ 曙（shǔ）：破晓、日出。

【72】

赏桂

任希夷

人间植物月中根，碧树分敷[1]散宝熏[2]。
自是庄严筹金粟[3]，不将妖艳比红裙。

作者简介 Zuozhe Jianjie

任希夷（1156—？），字伯起，号斯庵。其先眉州（今四川眉山市）人，后迁居邵武。宋淳熙三年（1176）进士，曾任浦城主簿，从学朱熹。官至参知政事（副宰相）。

题解 TiJie

这首《赏桂》诗，表达了诗人对丹桂的由衷喜爱。此诗应为作者任浦城主簿时所作。

注释 ZhuShi

① 敷（fū）：布、施。
② 薰（xūn）：气味侵袭。
③ 金粟：桂花的别称。

【73】

岩桂

杨与立

自从月窟得灵根，使擅①人间众森尊②。
万斛③天香非世有，十分秋色至今存。
林高直接孤轮④影，枝花休寻旧斧痕。
午夜楼头足心赏，天低风细欲飞魂。

作者简介 Zuozhe Jianjie

杨与立，字子权，浦城人，世称船山先生。南宋隆兴元年（1163）从学朱熹，绍熙四年（1193）进士，曾任遂昌县知县（今属浙江），后寓居浙江兰溪。

题解 TiJie

此为作者欣赏岩上桂花之作。浦城人历来喜欢在房前屋后栽种桂花，而生长于高山岩壁上的桂花树更是一道天然的景观，所以诗人发出了“午夜楼头足心赏，天低风细欲飞魂”的感慨。

注释 ZhuShi

① 擅：据有。
② 森尊：严肃、尊重。
③ 斛（hú）：容器名。
④ 孤轮：轮，泛指轮行之物。诗中当指月亮。

【74】

柘浦道中

戴复古

山中寂寞去程赊①，莫惜频频②到酒家。
行李萧然③还不俗，担头颠倒插梅花。

作者简介 Zuozhe Jianjie

戴复古（1167—？），字式之，号石屏，黄岩（今属浙江）人。曾向陆游学习写诗，受晚唐诗风影响，是“江湖派”中较为突出的诗人。著有《石屏诗集》《石屏词》。

题 解 TiJie

南浦溪发源于柘岭，又名柘溪。浦城以柘溪又名柘浦。此为作者在跋涉浦城道中所作。

注 释 ZhuShi

① 赊（shē）：长、远。
② 频频：一次又一次。
③ 萧然：冷落、荒凉的意思。

【75】

题南浦万乘（叶）寺瀑布

曾丰

缅止银崖①泻玉泉，似乎有以使之然。
素虹挟雨斜抢②地，澄练披风③倒倚④天。
山不曾分⑤青自断，月犹未落白相连。
掏清咽冷⑥吾能事，老不禁多凛⑦欲颠。

作者简介 Zuozhe Jianjie

曾丰，字幼度，江西乐安人。宋乾道五年（1169）进士。曾任浦城知县。著有《缘督集》。

题解 Tijie

万乘（叶）寺，原名溪峰寺，唐昭宗赐名万叶寺。在今仙阳镇渔梁村。寺有瀑布，旧志称居天下第三。距离瀑布泉数百米，有石壁如门，中挂小瀑，宛如珠帘。水帘之上，水从岩顶分布，称为“雪浇弥勒”。1971 年，在此建团结水库，寺淹没，瀑布仍存。瀑高 85 米，宽 6 米，分两股似纺锤形下落。此诗为作者任浦城县令时游历至此所作。

注 释 ZhuShi

① 缅（miǎn）止银崖：缅，遥远。缅止银崖，是指远山到此形成悬崖。

② 抢（qiǎng）：撞。

③ 披风：迎着风。

④ 倚（yǐ）：靠着。

⑤ 山不曾分：山山相连。

⑥ 掏清咽冷：抵御风寒。

⑦ 凛（lǐn）：冷。

【76】

蝶恋花·红梅

真德秀

两岸月桥花半吐，红透肌香，暗把游人误。尽道武陵溪上路，不知迷入江南去。[1]　　先自冰霜真态度，何事披头[2]，点点胭脂污。莫是东君[3]嫌淡素，问花花又娇无语。

作者简介 Zuozhe Jianjie

真德秀（1178—1235），字景元，更字希元，号西山，浦城人。庆元五年（1199）进士，官至参知政事（副宰相）。为官清廉，颇有政绩。以朱熹学术为正宗，使理学取得正宗地位。其著作《大学衍义》为历代帝王所重视。

题解 Tijie

蝶恋花，本名“鹊踏枝”，唐教坊曲名。此词上阕从外部面貌赞颂梅花的迷人之姿，下阕则从凌霜傲雪的内在品质颂扬梅花。古人咏梅词很多，但大都从其冷艳着眼，抒发词人孤芳自赏的心绪，而真德秀对梅花绰约迷人的风韵作了热情的描摹，对梅花凌霜傲雪的品格作了全面的褒扬。词的氛围热烈，格调高亢。此词收入宋周密《绝妙好词笺》中。

注 释 zhushi

① 尽道武陵溪上路，不知迷入江南去：晋代陶渊明写有《桃花源记》，称晋太元中，有武陵渔人入桃花源，忘情迷途。作者用此典故，来形容江南的迷人风姿。

② 披头：披，分散，此是指梅花分散开在枝头。

③ 东君：指春神。

【77】

题月山[1]新居

徐荣叟

宠任辞枢极[2]，新居卜月山。
人从生处乐，天与老来闲。
翠拥千峰秀，罗萦[3]一水湾。
佳哉得真乐，恨不早知还。

作者简介 Zuozhe Jianjie

徐荣叟（1180—1246），字茂翁，徐应龙子。浦城人。南宋嘉定七年（1214）进士。淳祐二年（1242），官参知政事，签书枢密院事。以资政殿大学士提举洞霄宫。《宋史》称，与父应龙，弟清叟、深叟皆以风节相尚，皆为名臣。

题解 Tijie

淳祐二年（1242），徐荣叟辞去签书枢密院事的职务，迁入月山新居，此诗体现了作者乐于过平民生活的欢愉心情。

注 释 ZhuShi

① 月山：在建宁府瓯宁县禾义里祝墩的月山，今建瓯市小湖镇祝中村月山。

② 枢极：枢密院。

③ 萦（yíng）：缠绕。

【78】

游武夷

徐清叟

垂老征途出武夷，高人应怪我来迟。
骨凡空想同亭会，才拙难赓信国诗[①]。
流水三三[②]宗海急，高峰六六[③]倚天奇。
漫游何日兹归隐，分与元猿白鹤期。

作者简介 Zuozhe Jianjie

徐清叟（1182—1262），字直翁，一作真翁，号德一。浦城人。宋嘉定七年（1214）进士。曾任参知政事（副宰相）。

题　解 Tijie

武夷，即武夷山风景区，在武夷山市西南10公里，现为国家风景名胜区、世界文化和自然遗产地。作者晚年时曾游览此山。

注　释 ZhuShi

① 才拙难赓信国诗：拙，自谦之词，说自己笨拙。赓（gēng），继续。信国，指朱熹，朱熹死后被追封“信国公”。朱熹游遍武夷山，写下大量诗歌，尤以《九曲棹歌》脍炙人口。所以，徐清叟说自己才拙很难继续朱熹的诗。
② 三三：三三得九，指武夷山九曲溪。
③ 六六：六六三十六，指武夷山景区的三十六峰。

【79】

浦城道中

刘克庄

才入仙霞①路，重裘②尚不支。
居人收柏实③，客子办梅诗。
地湿燃萁④坐，霜寒隔被知。
向来真错计，不买草堂基。

作者简介 Zuozhe Jianjie

刘克庄（1187—1269），字潜夫，号后村居士，福建莆田人。宋淳祐年间（1241—1252）赐同进士出身。官至工部尚书兼侍读。为“江湖派”的重要作家，真德秀的学生。

题 解 TiJie

此诗为作者在浦城途中所作。寒冷的严冬，最容易引起人们对于温暖的怀念。诗人冒着严寒，行走在漫长的浦城道中，他感觉到此时即使有一座小茅草屋用来避寒，也是一种十分幸福的事。

注 释 ZhuShi

① 仙霞：即仙霞岭，从浦城县境东北入境，横亘在闽浙之间。为福建通往中原的要道。
② 裘（qiú）：皮衣。
③ 柏实：柏，乌柏树，柏实，指乌柏树所结的种子，其籽可榨油。
④ 萁（qí）：豆茎。

【80】

游园不值[1]

叶绍翁

应怜[2]屐齿印苍苔[3]，小扣柴扉[4]久不开。
春色满园关不住，一枝红杏[5]出墙来。

作者简介 Zuozhe Jianjie

叶绍翁（1194—？），字靖逸，本姓李，福建浦城人。从学真德秀，故以朱子学为正宗。是“江湖派”诗人，以七言绝句最佳。有《靖逸小集》《四朝闻见录》。关于叶绍翁的籍贯，有浙江龙泉人、福州人之说。叶绍翁在《高宗六飞航海》（叶绍翁《四朝闻见录·丙集》）中作了订正。他说：“本生祖其先为光州固始人，徙居建的浦城，非福州也。”他又在《浦城乡校芝草之瑞》（《四朝闻见录·戊集》）中说：“庆元间，予为儿时，父兄常携入乡校……”此足见叶绍翁为浦城人。

题解 Tijie

《游园不值》此诗所写是江南的春天，正值阳光明媚的时节，作者乘兴来到一座花园门前，想看看园内的花木，他轻轻地敲打柴门久久不开，也许是花园主人爱惜青苔怕被人践踏，所以闭门谢客。正在扫兴、失望之中，抬头忽见一枝盛开的红杏伸出墙外，领略到满园热闹的春色，感受到满天绚丽的春光。“春色满园关不住，一枝红杏出墙来”，是一种生活的哲理，指新生事物一定会冲破重重困难，脱颖而出，蓬勃地发展起来。

注释 ZhuShi

① 游园不值：值，遇到。指没有见到园子的主人，没能进入园中。

② 应怜：应，表示猜测；怜，怜惜、爱惜。大概是感到心疼吧。

③ 屐齿印苍苔：屐是木鞋，鞋底前后都高跟。指在青苔上印上屐齿印。

④ 柴扉：用木柴、树枝编成的门。

⑤ 红杏：杏，果木名，蔷薇科，落叶乔木，花淡红色，因之称红杏。

【81】

中秋百丈山龙井玩月

谢翱

逢秋月再圆，不与复休眠。
脑满鱼龙夜①，精藏树石年。
嗅衣腥在水，窥②户影疑禅。
长啸③望参伐④，行来精舍边。

作者简介 Zuozhe Jianjie

谢翱（1249—1295），字皋羽，又号晞发子。原籍福建长溪，后寓居浦城观前。南宋爱国诗人。宋德祐二年（1276），元兵南下，丞相文天祥在南剑州（今南平市延平区）建都督府，举兵抗元。谢翱在浦城尽倾家资，率乡兵数百投文天祥，任咨议参军。兵败后流亡浙东。

题解 Tijie

百丈山，在浦城县城西北20公里，位于仙阳镇百丈村境内，旧称其山高耸百丈，故名。山上积石如仙象，称为马大仙。山水流至马莲河（旧名新溪）。山中有瀑布，称龙湫，落水之处，成井，故称龙井。真德秀曾在此读书。此诗为作者在中秋到百丈山赏月时所作。

注释 Zhushi

① 脑满鱼龙夜：作者认为中秋夜鱼脑髓最丰满。
② 窥（kuī）：从小孔、缝隙或隐蔽处察看。
③ 啸（xiào）：撮口发出长而清越的声音。
④ 参伐：星座名。

【82】

晓发浦城

真山民

晨鸡一再唱，诗担去匆匆。
天曙①星河②淡，楼高鼓角③雄。
征衣溪驿雾，吟鬓石桥风。
望望家山近，明朝④浙水东。

作者简介

真山民，本名桂芳，真德秀之后。著有《真山民集》。

题解

此为作者清晨从浦城出发，往浙江时所作。诗人离开家乡，一步一回头，依依别乡之情跃然纸上。

注释

① 曙（shǔ）：破晓，日出。
② 星河：即银河，泛指天空。
③ 鼓角：鼓和号角，古代军中用以报时、警众或发号施令。
④ 明朝（zhāo）：朝，日。明朝，明天。

【83】

朱溪涧

真山民

路转峰回又一村，天寒大半掩柴门。
云融山脊岚生翠，水啮①沙洲树出根。
任拥重裘②风亦冷，未投荒店月先昏。
今宵只傍梅花宿，赢得清馚入梦魂。

题 解 Tíjie

朱溪，今名洙溪，今属浦城水北街镇，为洙溪村委会驻地。洙溪村对面有条溪，村附近石头多，似珍珠，故名珠溪，后更名洙溪。

注 释 Zhushi

① 啮：啮蚀，侵蚀。
② 裘（qiú）：皮衣。

【84】

题西阳岭

叶维瞻

杜鹃啼处花成血，燕子忙时麦未胎[1]。
举世[2]但知春易老，不知春老几人来。

作者简介 Zuozhe Jianjie

叶维瞻，号石轩，宋人，其余无考。

题解 TiJie

此为作者在浦城西阳岭的题诗。唐代诗人白居易写有一首《大林寺桃花诗》：“人间四月芳菲尽，山寺桃花始盛开。长恨春归无觅处，不知转入此中来。”叶维瞻这首《题西阳岭》也颇有白诗之韵。诗人感叹世人只知春天易逝、青春易老，却不知道西阳岭这方人间胜地，唤起人们抓住春天大好时光，热情地拥抱大自然。

注释 ZhuShi

① 胎：喻指灌浆。小麦初抽穗而麦粒尚未灌浆（之时）。

② 举世：全世间。

【85】

题绿波亭

衡泌老人

清泪斑斑洒绿波，年来转觉别离多。
扁舟①南浦分携②后，水远山长愁奈何。

作者简介 Zuozhe Jianjie

衡泌老人：宋代浦城人，生卒年不可考。

题解 Tijie

秦汉时期，在乡村大约十里设一亭，而古人往往在小亭送别亲人朋友。因此在诗人眼中，这一处处小亭，成为了最具代表意义的送别符号。李白写有“何处是归程，长亭更短亭”的诗句，而“送君十里长亭，折支灞桥垂柳”也成为了古人送别的经典场面。本诗也可以看作是一首送别诗，抒发了作者的离愁别绪。

注释 ZhuShi

① 扁（piān）舟：小舟。
② 分携：离别。

【86】

祖孝子浩然求母诗

赵孟頫

扰攘[1]兵戈[2]际，漂零[3]母子分。
去留俱有恨，生死两无闻。
泪尽江南月，魂飞汉北云。
抱持相见处，此乐复何云。

作者简介 Zuozhe Jianjie

赵孟頫（1254—1322），字子昂，号松雪道人、水精宫道人，湖州（今属浙江）人。南宋末至元初著名书法家、画家、诗人。

题解 TiJie

祖浩然（1278—？），字养吾，浦城人。元至元二十年（1283）政和县黄华率盐民起义，前往镇压的官军，途经浦城，抢掠去祖浩然母亲全氏。祖浩然时年5岁，25年无母亲音讯。元至大三年（1310），祖浩然被命为三山书院山长，将要赴任，得到母在河南的消息，于是弃官，跋涉三千多里，终于在唐州别盖山寻到母亲，即奉母南归。祖浩然千里寻母的故事彪炳史册，当时的文人学士、名公巨卿如赵孟頫、李孟、邓文原、袁桷、张养浩、元明善、虞集、揭傒斯、程钜夫、刘赓、王士熙、仲寿都题诗称颂。

注释 ZhuShi

① 扰攘（ráng）：混乱，不太平。
② 兵戈：战乱。
③ 飘零：东奔西走。

【87】

题伯父双峰樵隐

杨 载

山出双峰秀，溪流一派清。
士风存礼让[①]，人事省[②]将迎。
路逐高低过，田随早晚耕。
家林[③]有如此，南望每关情。

作者简介 Zuozhe Jianjie

杨载(1271—1323)，字仲弘，浦城人。元延祐二年（1315）进士。杨载为元代诗歌四大家之一，与虞集、范梈、揭傒斯齐名。著有《杨仲宏集》。

题 解 Tijie

双峰，今属浦城水北街镇双墩村。原诗五首，此为其中一首。樵隐，指的是樵夫隐士，含有隐居的意思。本诗是杨载写给在双峰村隐居的伯父的。此诗描写了秀美的风光，纯朴的民俗，也表达了作者对自由自在田园生活的向往。

注 释 Zhushi

① 礼让：礼指封建社会等级制的社会规范和道德规范；让指谦让、退让。
② 人事省（xǐng）：人事，人情事理、交际应酬之事。省，懂得。
③ 家林：家乡园林。

【88】

祖孝子浩然求母诗

虞集

海内升平①四十年，民生同井死同阡。
干戈②昔日飘零者，犹及余龄见所天③。

作者简介 Zuozhe Jianjie

虞集（1272—1348），字伯生，人称邵庵先生。祖籍仁寿（今属四川），迁崇仁（今属江西）。为元诗歌四大家之一。著有《道园学古录》等。

题解 Tijie

见赵孟頫《祖孝子浩然求母诗》。

注释 Zhushi

① 升平：太平。

② 干戈：干为盾，戈为平头戟，亦用为兵器的通称，引申指战争。

③ 犹及余龄见所天：犹及：还赶得上。余龄：晚年。见所天：重见原本就该那样的天空。喻指重新回归到正常的生活中来。

【89】

重过南浦

吴学礼

万里澄江浸碧天，迢迢①人上渡头船。
柘烟旋减蚕成茧，梅雨微晴树歇蝉。
独客有愁多近暮，乱山无处不闻泉。
枳篱②门巷依然在，落莫东风二十年。

作者简介 Zuozhe Jianjie

吴学礼，元时人。

题解 Tijie

南浦，浦城别称，为作者再次经过浦城所作。光阴似水，岁月如歌，二十年时间弹指一挥间。二十年后，作者再到浦城，看到眼前的景色、行人，不禁思绪万千，深切感受到时光易逝、人生短暂。

注释 ZhuShi

① 迢迢：形容遥远、久长。

② 枳篱（zhǐ lí）：枳，灌木或小乔木；篱，篱笆。枳篱，用枳编成的围墙或屏障。

【90】

被掠诗

徐彩鸾

万水千山去路赊①，青鞋②踏破几层沙。
登山绝顶重逢岭，渡水愁深又复涯。
雁字③可传夫与子，鱼书④难寄母和爷。
回头遥望乡关处，云下峰前是我家。

作者简介 Zuozhe Jianjie

徐彩鸾，女，字叔和，元末浦城人。城北徐嗣原女，李文景妻。

题解 Tijie

元至正十五年（1355），浙江青田兵寇骚扰浦城，徐彩鸾随父逃至山谷间，遭兵寇抢掠。兵寇持刀欲砍其父，她挺身而出，愿代父死。兵寇放其父，掳徐彩鸾。别前，她对父亲说："儿受辱必死，父可速去！"并写下这首七律《被掠诗》。被掠至桂林桥（今仙阳阳墩山前村外）时，拾一木炭在岩壁上写"惟有桂林桥下水，千年照见妾心情"。其后，投河自尽。其气概感人至深！《被掠诗》被编入《历代妇女诗词鉴赏词典》，徐彩鸾事迹入编《元史》。

注释 ZhuShi

① 赊（shē）：漫长。
② 青鞋：黑色的鞋。
③ 雁字：传送书信。
④ 鱼书：书信。

【91】

拓闽关曲

宋濂

闽关扼南纪，上应牛女星。南将窥瘴海，东或带沧溟①。
五季②失羁御，藩镇擅甲兵③。太阿既倒持，僭窃渎④恒经。
谁欤据二州，于此建节旌？争夺自己出，况复望来庭。
太宗嗣宝符，涣号风霆行。稽首⑤归厥⑥命，覆冒仰王灵。
鞮译⑦通绝域，圭瓒⑧集明廷。神猷杳难测，穆穆臻太清。

作者简介 Zuozhe Jianjie

宋濂（1310—1381），字景濂，号清溪，浙江浦江人。明初著名政治家、文学家、史学家、思想家。章溢隐居浦城匡山时，宋濂曾到匡山拜访，写下《匡山看松庵记》。著有《宋学士文集》。

题解 Tijie

关，就是关隘，是古代在险要地方或国界设立的守卫场所。闽关，指的是福建与中原相通的关隘。此诗为作者描述闽关的险要与重要。

注 释 ZhuShi

① 沧溟：形容海水弥漫，常用来指大海。

② 五季：指五代（907—960）。

③ 甲兵：铠甲和兵器，泛指军事或武备。

④ 渎（dú）：轻慢。

⑤ 稽首：古代一种跪拜礼，叩头到地。

⑥ 厥：其他的。

⑦ 鞮（dī）译：主通译的官。

⑧ 圭瓒：美玉，泛指四方俊才。

【92】

过闽关

刘基

建溪[1]激箭向南流，石齿如锋斗客舟。
篙子[2]踏歌浑[3]不畏，行人遥望替生愁。

作者简介 Zuozhe Jianjie

刘基（1311—1375），字伯温，明浙江青田南田武阳（今属浙江文成县）人，元末进士。元末明初军事家、政治家、文学家，明朝开国元勋。章溢隐居浦城匡山时，曾到匡山拜访，并写下名篇《苦斋记》。

题解 TiJie

古时交通不发达，人们出行往往需要爬山翻岭，而在有水路的地方，则需要乘舟越水。李白在《早发白帝城》诗中就有“两岸猿声啼不住，轻舟已过万重山”的千古名句。此诗记载作者过闽江后，在建溪坐船时的情景。

注释 ZhuShi

① 建溪：闽江的重要支流，南浦溪为建溪上流。
② 篙子：撑船的人。
③ 浑：完全。

【93】

为章君溢赋匡山看松庵

陶 安

太古[1]有积翠，怪虬[2]托窟穴。皮鳞老阅[3]岁，髯发[4]硬如戟。
昼劈晴云开，夜攫[5]明月食。偃趺[6]天可依，忍冷冬不蛰。
路绝人罕到，一士卧空壁。每从晨启扉[7]，终日对森碧。
相看久无厌，稚子[8]笑成癖。忆昔初看时，万松尽经历。
凉阴暮窗几，深黛滴岩石。无乃肉眼观，玩物犹滞迹。
迩[9]来坐庵中，一松了无觌[10]。不在形色求，能以神气得。
坚朴藏大用，后凋[11]秉天德。幽怀与俱化，此境遂真适。
好风忽相过，清音起冥寂。

作者简介 Zuozhe Jianjie

陶安（1315—1371），字主敬，安徽当涂人。章溢隐居浦城匡山时，曾到匡山拜访。

题 解 Tijie

章溢（1314—1369），字三益。浦城章仔钧十九代孙，浙江龙泉人。元至正十二年（1352），为保卫乡里，组织乡兵与农民起义军对抗，元朝庭授他为浙东都元帅府佥事，坚辞不受，隐居浦城匡山。元至正十六年（1356），朱元璋攻取处州，次年，与刘基、宋濂、叶琛同时受朱元璋礼聘，到达应天，授营田司佥事。洪武元年（1368），授予御史丞兼太子赞善，章溢为明开国功臣。

匡山，又名匡山斗、天山斗。在浦城富岭镇双同、莲塘坂村境。顶峰海拔1401米。四周奋起，而中窊下，形似匡庐，因名。元末章溢避居于此，在山筑室数间。山上多长味苦的植物，风从北来，皆有苦味。以苦中作乐，章溢故将其室取名“苦斋”。还循山之高下曲折，建烟云万顷亭、唯天在上亭、苍雪亭、坐看云起亭、清高亭、环中亭等。其山多古松、山有庵，章溢常在庵门看松，故名看松庵。

注释 ZhuShi

① 太古：远古，上古时代。
② 虬（qiú）：古代传说中的一种龙，盘曲为虬龙。
③ 阅：经历。
④ 髯（rán）发：须发。
⑤ 攫（jué）：夺取。
⑥ 偃（yǒn）跃：俯着跳跃。
⑦ 扉（fēi）：门窗。
⑧ 稚子：幼儿。
⑨ 迩（ěr）：近。
⑩ 觌（dí）：见，相见。
⑪ 凋（diāo）：草木凋零、衰落。

【94】

匡山烟云万顷亭

刘师召

孤峰占高爽，百里坐可望。丘陵忽为谷，地迥[1]天茫茫。
缥缈[2]亭中人，如驾浮海航。长风自东来，烟敛[3]云飞扬。
二仪[4]复奠位，水碧山苍苍。由来造化意，变态无其常。

作者简介 Zuozhe Jianjie

刘师召，明朝人。生卒年不详。

题解 TiJie

见陶安《为章君溢赋》。

注释 ZhuShi

① 迥（jiǒng）：远，形容差别大。

② 飘缈（miǎo）：形容隐隐约约若有若无的样子。

③ 敛（liǎn）：收拢、聚集。

④ 二仪：天和地的合称。取道家“太极生两仪”之说。

【95】

匡山环中亭

叶　葵

群山四回抱，规旋若环中。坤维囿[①]元化，虚牝涵鸿蒙[②]。
丹葩耀元圃，苍崖列崇墉[③]。八窗湿空翠，虚室春融融。
幽人理瑶徽，坐石弹松风。棋声落清昼，金玉相撞舂。
举觞引流霞，延目送飞鸿。游心无端倪[④]，循理亦何穷。
倚栏发长啸，白云起前峰。

作者简介 Zuozhe Jianjie

叶葵，字向日，明朝人。

题　解 TiJie

见陶安《为章君溢赋》。

注　释 ZhuShi

① 囿（yòu）：事物萃集之处。

② 鸿蒙：旧指宇宙形成以前的混沌状态。

③ 墉（yōng）：城墙，垣墙。

④ 端倪：头绪。

【96】

游匡山

徐可光

匡峰郁嵂崒[1]，北风侵肌栗[2]。俯视山之腰，烟云黝[3]如漆。
峭壁纷四围，苍岩遮白日。髯松望弥弥，薜萝[4]间苓术[5]。
昔有隐居者，我闻章公溢。结庐在山窊[6]，亭倚蛟龙室。
伊人不可求，清高与天匹。讽咏苦斋词，卓哉刘宋笔[7]。

作者简介 Zuozhe Jianjie

徐可光，明朝人。

题解 TiJie

见陶安《为章君溢赋》。

注释 ZhuShi

① 嵂崒（lǜ zú）：形容山高险峻。

② 栗（lì）：发抖，因害怕或寒冷而肢体颤动。

③ 黝（yǒu）：黑色。

④ 薜萝（bì luó）：薜，薜荔；萝，女萝，植物名。

⑤ 苓术：苓：黄苓；术：白术。皆为植物名。

⑥ 窊（wō）：地势陷下。

⑦ 讽咏苦斋词，卓哉刘宋笔：指刘基的《苦斋记》、宋濂的《看松庵记》。

【97】

澄清诗为徐佥宪善安赋

甄士和

天子忧民意匪①轻，绣衣持斧为巡行。
明如秋月十分白，洁与寒潭一样清。
车下雨零兵焰熄，马前风卷瘴烟晴。
边陲豺虎深逃避，遐迩②欢腾颂太平。

作者简介 Zuozhe Jianjie

甄士和，字春蔼，明朝人。

题解 TiJie

徐善安，浦城人。建文四年（1402），燕王（后为明成祖）带兵入京，方孝孺当时是惠帝的侍讲学士，不肯为明成祖起草登极诏书，被诛十族。徐善安为保留方家血脉，将方孝孺怀孕的小妾隐藏，被人举报入狱，徐善安被打断一只臂膀，充军戍边。此诗是作者在徐善安被澄清后所做。

注释 ZhuShi

① 匪：同“非”，不。

② 遐迩：远近。

【98】

御制章太傅仔钧诗

明成祖

开国元勋旧老臣，擢升①台阁沐恩深。
清勤公正闻朝野，茂著才猷②镇建闽。
心上经纶③安社稷④，胸中韬略⑤抚军民。
论功行赏颁龙敕⑥，史册流芳继古人。

作者简介 Zuozhe Jianjie

明成祖（1360—1424），即朱棣。明代皇帝。年号永乐，1402—1424年在位。

题 解 TiJie

见章衡《题资福寺》。

注 释 ZhuShi

① 擢（zhuó）升：提拔官职。
② 猷（yóu）：谋划。
③ 经纶：整理丝缕，引申为处理国家大事。
④ 社稷：旧时用作国家的代称。
⑤ 韬（tāo）略：《六韬》《三略》是古代的兵书，后因称用兵的谋略为“韬略”。
⑥ 敕（chì）：皇帝的诏书、命令。

【99】

御制练氏全城诗

明成祖

曾将厚意结人心，岂料翻成报德深。
肯使一家同日死，全城宁与却黄金。
积德由来报在天，子孙荣显自绵延。
一门福庆皆阴德①，千古犹称练氏贤。

题 解 TiJie

练氏（872—952），名寯，世称练夫人，五代时浦城仙阳镇练村人，唐封渤海郡君。其夫章仔钧屯兵西岩山时，派边镐、王建封二校尉赴建州（治所在今建瓯市）求援，因暴雨归来误期，按军法当斩。练夫人知章仔钧以仁治军，为之求情，并赠金让二校逃逸。章仔钧去世后，练氏随子迁居建州。保大三年（945），南唐以安抚使查文徽为帅，边镐为招讨使，王建封为先锋桥道使，起兵取建州。八月，建州城破，将屠城。王建封为报练氏活命之恩，下令暂缓屠城，寻得练氏的住址后，王建封持金帛礼品和白旗，去拜见练氏，并说，请夫人把这旗挂在门上，可保您全家平安，练氏却把金帛和白旗还他，说："要杀就从我杀起。城中居民不下数万，全城受戮，不先杀我，我怎么对得起城里的人。"王建封被练氏仁义所感，下令禁止屠城，只杀对抗的30多人，建州全城百姓因此获救。

练氏去世，全城举哀，破例将练氏葬于府衙之后，被誉为“芝城（建州别称）之母”，宋仁宗追封其为越国夫人，明成祖作此诗颂扬练夫人的功绩。

注 释 ZhuShi

① 阴德：旧称暗中有德于人的行为。

【100】

题种德卷

潘赐

种德由来自有基，栽培方寸共扶持。
喜观五桂①传芳日，正效三槐②待相时。
仁义渐摩频播殖，诗书融洽自华滋③。
披图为问堂前树，长到春风第几枝。

作者简介 Zuozhe Jianjie

潘赐，字文锡，又名容庵。浦城人。明永乐二年（1404）进士，授行人，出使日本。其后又出使日本两次。第二次出使日本时，规定日本每十年向中国进贡一次。潘赐才思敏捷，著有《竹梅篇》《皇华胜览》《容庵文集》。有次出使日本，途经故乡，适逢南浦桥落成，一夜作桥联424副，遍贴桥柱，概括浦城山川和名人轶事。

题解 TiJie

林童，3岁时父亲去世，侍奉母亲十分孝顺。林童尚气节，重信义，乐善好施。将前辈先贤的格言名句编辑成书，曰“种德以遗子孙”，称作《种德卷》。

注 释 zhushi

① 五桂：古代称中进士为“折桂”。宋窦禹钧有五子全都科举高中，又有宋范氏五兄弟都科举及第，因称一堂为“五桂堂”。

② 三槐：相传周代宫廷种有三棵槐树，朝见天子时，三公面向三槐而立，后世以三槐比喻三公一类的高级官位。宋代王祐在庭前种三棵槐树说：我后世必有为三公者。后王祐第二个儿子王旦作了宰相。

③ 华滋：华，光彩；滋，润泽。

【101】

过九石渡

徐瓒

傍溪行处有人家，石磴[1]崎岖日易斜。
归鸟投林依晚树，行人唤渡立晴沙。
停鞭马上吟秋色，荡桨船头看浪花。
我有平生山水兴[2]，一官犹得近烟霞[3]。

作者简介 Zuozhe Jianjie

徐瓒，明朝吴县人。

题解 TiJie

九石山，在浦城水北街镇观前、茅洲村境，九石森列南浦溪畔，称九石山。九石渡在九石山下，因名。九石渡又称九十渡，这名称源于一个神话故事。一位仙人曾化作牵羊的老翁，晚上来此渡河，摆渡的船工不厌其烦，来回为之摆渡九十次，仙翁被这名船工精神所感动，以一只白羊相赠。仙翁升天以后，白羊突然变作白银一坛。南朝江淹《赤红赋·序》中称："东南峤处，爰有九石之山，乃红壁十里，青葶百仞，苔滑临水，石险带溪。"

注 释 ZhuShi

① 石磴（dèng）：山路的石级。

② 兴：兴致。

③ 烟霞：烟，云气；霞，日出，日落前后天空及云层上出现的光彩。烟霞比喻大自然。

【102】

浦城怀古

杨景衡

南浦春深漾①绿波，西山祠②近入烟萝。
一时文物风流美，千古襟③期感慨多。
芸叶④吹香留汗简⑤，棠阴飞翠满晴坡。
题诗不尽登临兴，倚剑怀人奈远何。

作者简介 Zuozhe Jianjie

杨景衡，浙江瑞安人。明永乐年间（1403—1424）任福建左参政。

题解 TiJie

怀古，意思为追念古代的事情或人物。如苏轼的名篇《赤壁怀古》，就是借对古代战场的凭吊和对风流人物才略、气度、功业的追思，以此表达自己的思想感情。此诗是作者为怀念宋代政治家、理学家真德秀而作之诗。

注释 ZhuShi

① 漾（yàng）：形容水波摇动。

② 西山祠：即纪念真德秀的祠堂。在浦城南浦街道龙潭门，建于宋宝庆三年（1227），现仅存主厅。

③ 襟：胸襟，心怀。

④ 芸叶：植物名，即芸香，枝叶含芳香油。

⑤ 汗简：著述的代称。

【103】

全氏山居漫兴

叶恕

四山青绕屋，万竹绿当门。入耳山多韵，迎眸①竹有孙。
桑麻依石茂，麇鹿近人温。栋宇通云气，窗棂②过雨痕。
披襟风云壑，当夕月移村。无限幽闲意，难为俗子③论。

作者简介 Zuozhe Jianjie

叶恕，字以忠。浦城人。明永乐十三年（1415）进士。官至陕西道监察御史。

题解 TiJie

全氏迁入浦城的始祖为全景文，宋初，官任湖广西太守，领兵镇守浦城西阳岭，后来他的后代便居住浦城。南宋时，在城东金鸡岭建有步云斋、心远堂、三桂堂，真德秀都有题跋，还作《题全氏三桂堂》。此诗作者描绘全氏山居的野趣。

注释 ZhuShi

① 迎眸（móu）：眸，眼珠。迎眸，映在眼前。
② 棂（líng）：雕花的窗格。
③ 俗子：平庸的人。

【104】

浦城梨岭

绵竹山人

山河形胜①今犹在，宫阙②趋跄③事已非。
冀野风生双虎斗，咸阳火起一龙飞④。
伤心何忍闻黄诏⑤，稽首无缘见衮衣⑥。
击石⑦独怀千古恨，仰天血泪不胜挥。

作者简介 Zuozhe Jianjie

绵竹山人，明宣德年间人，是一位和尚。

题解 Tijie

见欧阳詹《题梨岭》。

注释 ZhuShi

① 形胜：优美景观。
② 宫阙（què）：宫殿。
③ 趋跄：行步快慢有节奏。
④ 冀野风生双虎斗，咸阳火起一龙飞：此两句概括中原战乱情景。
⑤ 黄诏：用黄绢颁写的诏书。
⑥ 衮（gǔn）衣：古代皇帝上公穿的礼服，这里指称皇帝。
⑦ 击石：谢翱《西台恸哭记》有载：“以竹如意击石，竹石俱碎。”

【105】

暮春过南浦

潘 宝

江上人家春水西，桃花短短压墙低。
可怜十日东风恶①，红雨②满林啼竹鸡。

作者简介 Zuozhe Jianjie

潘宝，字时用，江苏无锡人。明永乐至景泰（1403—1456）间人。

题 解 TiJie

暮春，指的是春季的末尾阶段，即农历三月左右，这段时间雨水较多。此诗为作者暮春时节经过浦城时所作。

注 释 ZhuShi

① 恶（wù）：讨厌。
② 红雨：比喻落花。

【106】

枫岭

黄仲昭

枫岭度征轩①，临风思惘②然。
苍松悲泪鹤，深谷惨啼鹃。
泉杂山头雨，人穿树杪③烟。
庭闱④何处是，长望白云边。

作者简介 Zuozhe Jianjie

黄仲昭（1435—1508），原名潜，以字行，号未轩，又号退岩居士。福建莆田人。明成化二年（1466）进士。黄仲昭学识渊博，福建第一部省志《八闽通志》即是他所编纂，还与他人合修《兴化府志》，独自修纂《邵武府志》和《南平县志》，有《未轩集》。

题解 Tijie

枫岭，在浦城县城北37公里，从前因为山上多枫树而得名。岭上有枫岭关，又称半岭关，为闽、浙界岭，往北为小竿岭，再往北10里为仙霞关。

注释 Zhushi

① 征轩（xuān）：远游的车子。　② 惘（wǎng）：形容失意。
③ 杪（miǎo）：树梢。
④ 庭闱：亲之居所，后借指父母。

【107】

梨岭道中

黄仲昭

花开不为春，路湿非关雨。
空谷一声传[1]，山川学人语。

题解 TiJie

见欧阳詹《题梨岭》。

注释 ZhuShi

① 空谷一声传：人在山谷里发出声音，立即听到回声。

【108】

渔梁遇雨

李仁杰

西风秋气冷，况复雨凄凄①。
鸟道藤萝湿，人家烟火迷。
云深川谷暝②，溪涨野桥低。
对此堪③惆怅④，孤猿何处啼。

作者简介 Zuozhe Jianjie

李仁杰，字士英，福建省莆田人，明成化八年（1472）进士，有文集八卷。

题解 Tijie

见蔡襄《宿渔梁》。

注释 Zhu Shi

① 凄（qī）凄：形容寒凉的样子。
② 暝（míng）：日暮，夜晚。
③ 堪（kān）：足以。
④ 惆怅（chóu chàng）：懊恼。

【109】

题浮盖山卧牛石

候尧封

田入山乡少，时将孟夏[1]终。
如何尚高卧，不起助农功。

作者简介 Zuozhe Jianjie

候尧封，字铁庵，嘉定（今属上海市）人。明万历间（1573—1620）官任福建右参政。

题解 TiJie

浮盖山有巨石似卧牛。诗人运用拟人的修辞手法，埋怨卧牛石久睡未醒，不肯起来帮助农民干农活。表达了诗人关心农民生活、关注农业生产的情怀。

注释 ZhuShi

① 孟夏：农历四月。

【110】

天心月华

詹 禋

一片禅林①月，光华见本原。
无云天自洗，此境共谁言？

作者简介

詹禋，字敬之，浦城人。曾编辑《三礼汇解》。明成化十五年（1479），编纂《浦城县志》。

题 解

天心寺，在浦城县城东龙头山下。天心寺原在县城北皇华山麓，宋代开宝八年（975）建。明嘉靖元年（1522）搬移到县城东胜果寺右侧。清康熙三十一年（1692）移回皇华山麓，康熙四十七年，又移城区东故址。清乾隆七年（1742）与胜果寺合建为天心胜果寺。后屡有修建，至今尚存。

注 释

① 禅林：佛教名词，指众僧聚居的寺院。

【111】

越台晚照

詹 禋

西山含暮①景，返照越王台。
草色烟光淡，林鸦次第②来。

题 解 TiJie

越台指越王台，在浦城县城东仙楼山巅，为烽火台，汉东越王馀善筑建。后屡筑屡废圮，今已修葺一新。

注 释 ZhuShi

① 暮：日落的时候，傍晚。
② 次第：依次。

【112】

挽诗

章 拯

南峰祀产起郇公①，五百余年报大功。
讵②意一朝轻法守，致令再世泣途穷。
孝义汝应拚一死，艰难我亦罄③孤忠。
至今祀产还依旧，却叹西坡失此翁。

作者简介 Zuozhe Jianjie

章拯（1479—1548），字以道，号扑庵，浙江兰溪人。明弘治十五年（1502）进士，官至工部尚书。

题 解 Tijie

明嘉靖二十三年（1544），浦城章大泽携幼子章新因浦城南峰寺功德院祠产为住持僧霸占，持章拯的书信，奔走福建省城控告，累死于途中。章拯很是悲痛，写下此诗。

注 释 Zhushi

① 郇（xún）公：指章得象，他于宋庆历七年（1047），封为郇国公。
② 讵（jù）：岂，怎。
③ 罄（qìng）：显现。

【113】

御经筵讲《大学衍义》有感赋此

明世宗

帝王所图治，务学当为先。下作民之主，上乃承之天。
致治贵有本，本端化自平。人君所学者，其序有后前。
正心诚其意，志定必不迁。吾志既能定，理道岂复颠。
身修本心正，家国治同然。国治乃昭明，万邦斯协焉。
于变帝尧典①，思齐文王②篇。万国修身始，朕③念方拳拳④。

作者简介 Zuozhe Jianjie

明世宗（1507—1566），明代皇帝，年号嘉靖。1522—1566 年在位。

题 解 Tijie

《大学衍义》43 卷，宋代浦城人真德秀著，本书是元、明、清三朝皇族学士必读之书。全书以“帝王为治之序”“帝王为学之本”“格物致知之要”“诚意正心之要”“修身之要”“齐家之要”为纲目，因对《大学》思想加以发挥，故名。

注 释 Zhushi

① 尧典：尧，古代相传为圣明之君；典：可以作为典范的重要著作。
② 文王：文王受“天命”创立周朝。
③ 朕（zhèn）：专用于皇帝的自称，太后听政时亦自称朕。
④ 拳拳：牢握不舍之意，引申为恳切。

【114】

自浦城进延平

徐渭

溪山孕铁英①，怪石穿水黑。马齿漱寒流，冶火融初滴。
方艇走石罅②，白日飞霹雳③。操舟信有神，出入坦然适。
以知庖丁者，游刃有余力④。循理称达人⑤，险难亦何戚？⑥

作者简介 Zuozhe Jianjie

徐渭（1521—1593），初字文清，改字文长，山阴（今浙江绍兴）人。明代著名文学家、书画家、戏曲家。徐渭多才多艺，在诗文、戏剧、书画等各方面都独树一帜。

题 解 TiJie

古时，从浦城到延平（今南平市延平区），通常是乘舟船走水路。而古时的舟船简陋，安全系数低，所以对于掌船者的技术要求很高。此诗为作者从浦城出发到南平延平水路途中所作。诗中描写了沿途的惊险以及掌船者技术的高超。

注 释 ZhuShi

① 铁英：铁之精英。

② 石罅（xià）：岩石间的缝隙。

③ 霹雳（pī lì）：疾雷声。

④ 以知庖(pào)丁者，游刃有余力：庖丁，名叫丁的厨子；游刃有余力，刀刃运转于骨节空隙中，大有回旋的余力。比喻经过反复实践，掌握了事物的客观规律，做事得心应手，运用自如。

⑤ 达人：指通达事理的人。

⑥ 戚（qī）：忧愁、悲伤。

【115】

登越王台

陈 锡

百粤[1]风尘迥[2]，登临野色分。
牛羊散平陆，狐兔穴荒坟。
旧垒寒鸦集，残碑劫[3]火焚[4]。
青山故无恙[5]，鸒[6]道杳[7]秋云。

作者简介 Zuozhe Jianjie

陈锡，字祐卿，南海人（今属广东）。明弘治十八年（1505）进士。著有《天游集》。

题 解 Tijie

见詹稛《越台晚照》。

注 释 ZhuShi

① 百粤：亦作百越，指战国、秦国、三国时主要分布在长江下游及东南、中南沿海地区的各族，闽越族为其中之一。浦城曾为闽越族居住之地。

② 迥（jiǒng）：形容差别大。

③ 劫（jié）：掠夺、灾难。

④ 焚（fén）：烧。

⑤ 无恙：没病，没什么改变。

⑥ 鸒（yù）：寒鸦。

⑦ 杳（yǎo）：无影无踪。

【116】

柘溪石滩

陈 束

石劣不受凿①，水归时碍②行。
却令无竞性，翻作不平鸣。
逆折声犹壮，奔腾色自明。
我行殊昧险，于此独婴③情。

作者简介 Zuozhe Jianjie

陈束，字约之，号后岗，鄞县（今属浙江人）。明嘉靖八年（1529）进士，著有《陈后岗诗文集》。

题 解 TiJie

柘溪即南浦溪，滩，即河道中水浅流急多礁石的地方。浦城境内南浦溪沿溪有莲花滩、旱滩、吴家滩、火烧滩、将军滩、双溪滩、老鼠滩、茅州滩、锁链滩、上下潢滩、老虎滩、塔岭滩。此诗是作者描绘坐船经过南浦溪过滩的情景。

注 释 ZhuShi

① 凿（záo）：打劈。

② 碍（ài）：阻挡。

③ 婴（yīng）：触、缠绕。

【117】

过陈藩伯逊故居

张 明

一过先生宅，凄然泪满襟。
铁心贫御史，霜鬓老藩臣。
儿童知问姓，豺虎亦寒心。
九原①如可作，端拟拜枫宸②。

作者简介 Zuozhe Jianjie

张明，字元亮，浦城人。明嘉靖十一年(1532)进士。著有《梅江遗稿》。

题 解 Tijie

陈逊，字必恭，浦城浦潭大石溪人。永乐十年 (1412) 进士。在任上去世，去世时家无片钱，由当时都督沐昂为他买棺收殓。藩伯，明代布政使的别称，陈逊官至右布政使，因称藩伯。

注 释 Zhushi

① 九原：九州之地，引申为全国。
② 枫宸：帝王的殿庭。

【118】

浦城漫兴

刘子建

清溪何似百花潭，谷口云峰半夕岚①。
借问子真②归隐未？鹧鸪春雨满江南。

作者简介 Zuozhe Jianjie

刘子建，明朝人。生卒年不详。

题解 Tijie

漫兴，指的是随意赋诗之意，并不刻意苛求。实际上，虽说是“漫兴”，但也可以看出作者是用心而作的。此为描写浦城春天之作。

注释 Zhushi

① 岚：山林中的雾气。

② 子真：指汉代的梅福，字子真。汉代九江寿春人，少年时曾在长安求学，当过南昌县尉，后来辞官回乡，再离家隐居于江西九江。

【119】

重游元妙观

张 爵

二十年前游此地，春花烂漫正垂髫①。
今来岁晏②头增白，独喜寒松尚未雕③。

作者简介 Zuozhe Jianjie

张爵，字允修，浦城人。明嘉靖十三年（1534）举人，曾任台州同知。

题 解 Tijie

元妙观，旧名天庆观，在浦城城区道观街（今劳英街）。宋咸淳九年（1273）建，清代时只存夫人殿及乌虎庙，今已毁弃。作者曾游元妙观，此诗是作者重游时的感悟。

注 释 ZhuShi

① 垂髫：古时小孩子头上扎起来的下垂的短发，称垂髫，指幼年。
② 晏（yàn）：晚。
③ 雕（diāo）：同“凋”。草木零落、衰落。

【120】

九日登粤王台

徐邦佐

佳节届重阳[①]，把酒对篱菊。
时雨洗苍桐，天风响修竹。
归鸿[②]带远秋，宿鸟鸣乔木。
振屐[③]粤山台，共和渊明曲[④]。

作者简介 Zuozhe Jianjie

徐邦佐，字之才，浦城人。明嘉靖（1522—1566）中，以恩贡进试第一。官至广东琼州府推官。著有《北游稿》《海外集》。

题 解 Tijie

粤王台，即仙楼山越王台。每年的农历九月九日是重阳节，这一天，民间有登高山的习俗，寓义为“步步高”。此诗为作者在重阳节游览越王台之作。

注 释 Zhushi

① 重阳：古人把奇数叫做“阳数”，九是阳数的极致。农历九月九日，两九相重，故称“重阳”。重阳节最重要活动是登高。这一日，菊花盛开，正值天高气爽的金秋时节，是欣赏大自然风光的大好时机。浦城人民结伴到仙楼山登高远眺，对菊饮酒，赋诗唱和，抒发胸怀。

② 鸿：大雁。

③ 振屐：徒步行走。屐，鞋；振屐，使屐振发，行走。

④ 渊明曲：指晋代陶潜（渊明）的诗体。陶渊明人品高洁，平淡自然，其诗有着净化心性，保持个人的浩然之气的追求，后来诗人多有模拟之作。

【121】

东还南浦落日道中

陈 昂

虽见归云白，其如落日黄。
乳鸦①喧②古木，饥獭③坐空梁。
时序④何萧索⑤，烟岚⑥渐渺茫⑦。
渔歌终有意，兴况⑧指家乡。

作者简介 Zuozhe Jianjie

陈昂，字尔瞻，一字云仲，自号白云先生，明福建莆田人。著有《白云集》。

题 解 TiJie

此诗为作者回乡傍晚经过浦城之作。夜幕渐临，作者行走南浦道中，沿途中所看到的都是一派萧萦的景象——夕阳西下，乌鸦乱叫，饥饿的小动物坐在空屋的房梁上。此情此景，更激发了作者的归乡情怀。

注 释 ZhuShi

① 乳鸽：窠巢中的小鸟。
② 喧（xuān）：声音大而杂乱。
③ 饥獭：等到母亲哺乳的饥饿的小獭狸。
④ 时序：四季，这里指时节。

⑤ 萧索：景象冷落。

⑥ 烟岚：指山里蒸腾起来的雾气。

⑦ 渺（miǎo）茫：模糊不清楚。

⑧ 兴况：情趣、情怀。

【122】

秋日登吴山

徐 浦

独上吴山顶，寒云没①树平。
燕巢悬石壁，凤岭带江城。
绝峤②烟霞古，凌风③羽翼轻。
凭高无限思，秋色正纵横。

作者简介 Zuozhe Jianjie

徐浦，字伯源，浦城人。明嘉靖三十二年（1553）进士，官至广西按察司佥事。著有《春秋四传私考》《谏垣奏议》《归闲吟稿》。

题 解 TiJie

吴山，在浦城县城东2.5公里，海拔759.9米。《太平寰宇》记载，山四面秀异，其侧居人多吴姓，故名。因坐落在县城东，又称东山。吴山主峰耸立，山屏东郊，如芙蓉列秀。四面眺望，林木苍翠，其景称为“吴山耸翠”，是旧时浦城八大景之一。此诗为作者秋天登临吴山顶所描述的吴山风光。

注 释 ZhuShi

① 没（mò）：漫过、高过。
② 峤（jiào）：山道。
③ 凌风：迎风。

【123】

题渔梁客室

袁表

渔梁渡头新雨歇，大竿岭①外飞云没。
迟回②不见故乡人，却见云间故乡月。

作者简介 Zuozhe Jianjie

袁表，字景从，怀安（今属福州）人，明嘉靖三十七年（1558）举人，官黎平知府。著有《逋客集》。

题解 Tijie

见蔡襄《宿渔梁》。

注释 ZhuShi

① 大竿岭：仙霞六岭之一，属浦城。
② 迟回：久长的样子。

【124】

题幔亭峰

吴中立

溪流寒玉[①]山围翠，饭熟青精[②]石乳茶。
怪得曾孙食往世，不离烟火是仙家。

作者简介 Zuozhe Jianjie

吴中立，字公度，浦城人。明隆庆五年（1571）进士，曾为官，后在武夷山隐居。

题解 Tijie

幔亭峰为武夷山三十六名峰之一，与大王峰相连。山中有神话故事“幔亭招宴”，叙述武夷仙人在峰顶宴请两千个乡民的传奇故事，表达了仙凡亲情。此诗刻于武夷山马头岩石壁。

注释 Zhushi

① 寒玉：指溪流。

② 青精：采摘南烛（乌饭树）叶子，泡水浸米，蒸饭晒干，米饭呈现青碧颜色，所以称青精饭，道家认为久服可延年益颜。

【125】

越王台

麦秀岐

黄屋[1]何年易故宫，荒茔[2]登眺[3]起悲风。
函关[4]鹿走秦封割，沛[5]水龙兴汉使通。
城市万家烟树合，江山千载霸图空。
松杉不解沧桑[6]事，依旧寒原自郁葱[7]。

作者简介 Zuozhe Jianjie

麦秀岐，字德征，南海人。明万历四年（1576）举人。曾任万年知县。著有《澹远堂稿》。

题解 Tijie

见詹禋《越台晚照》。

注释 Zhushi

① 黄屋：古代帝王所乘车上以黄缯为里的车盖，即指帝所乘王之车。
② 茔（yìng）：坟墓、坟地。
③ 眺（tiào）：眺望，往远处看。
④ 函关：即函谷关，古时函谷关在今河南灵宝东北，因关在谷中，深险如函得名。

⑤ 沛（pèi）：秦二世元年（前209），刘邦起兵于沛（今江苏省西北部，邻接山东省）。

⑥ 沧桑："沧海桑田"的省略语，比喻世事变迁很大。

⑦ 郁葱：形容草木苍翠茂盛貌，亦形容气象旺盛。

【126】

冬日登梦笔山

林鼎铭

云山有约出郊垌[①]，一望晴岚绕郭青。
绀宇[②]何年飞鹫岭，松门尽日对鸥汀[③]。
觥[④]传藉[⑤]草追名迹，笔借生花欲乞灵[⑥]。
薄暮[⑦]徘徊明月上，满城灯火杂繁星。

作者简介 Zuozhe Jianjie

林鼎铭，明朝人。

题 解 TiJie

凡是写到梦笔山的诗词，大都离不开江淹这个主题，更离不开“梦笔生花”的传说。这首诗虽然描写的是冬天梦笔山的景象，但是，作者也渴望像江淹一样，得到神灵的帮助，手握五彩笔，纵情写华章。

注 释 ZhuShi

① 郊垌（dòng）：垌，田地。郊垌，城郊的田地。
② 绀（gàn）宇：绀，天青色，一种深青带红的颜色；宇，上下四方，所有空间。绀宇，所有空间都是天青色。
③ 鸥（ōu）汀：鸥，鸟科，泛指水鸟；汀，水中或水边的平地。
④ 觥（gōng）：古代盛酒器。

⑤ 藉（jiè）：坐卧其上。

⑥ 乞灵：求助于神灵。

⑦ 薄暮：迫近暮色之时，傍晚。

【127】

南山登塔

徐民式

曾是瞻依舍利年，客来登眺破苍烟。
千家城郭春花里，一带峰峦绿树前。
已见楼台低下界，似闻铃铎①起中天。
凌虚②北望青霄迥，恍惚身疑到日边。

作者简介 Zuozhe Jianjie

徐民式（1549—1617），字用敬，号俭吾，浦城人。明万历八年（1580）进士，著有《抚吴疏草》。

题解 Tijie

南山塔，指原在浦城县水南的圆通塔，元至正（1341—1368）间建。塔状为圆桶形，上下无差异。砖、石砌成，共7级，外形带八角线条形状。直径约10米，塔高约30米，每层有窗户。民国33年（1944）夏，被国民党军队炸毁，塔旁有圆通塔院，后毁弃。此诗为登塔观览县城时的情景。

注释 ZhuShi

① 铎（duó）：大铃。

② 凌虚：高入天空。

【128】

吴山耸翠

徐民俊

偶凭杖底狎[1]幽踪，拄到莲花第几峰。
山色晚添千树雨，泉声晴落半崖松。
楼危远接青霄[2]近，磴[3]折斜支翠霭重。
回首风尘思结屋，岭猿溪鸟羡从容。

作者简介 Zuozhe Jianjie

徐民俊，字用章，浦城人。明万历十三年（1585）举人。曾任泸溪县令、澄迈县令。

题 解 TiJie

吴山，在浦城城东郊。现今属万安乡地界。诗人拄杖登临，饱赏美景，回望社会生活，感慨良多，遂产生出愿在此结屋终老的念头。

注 释 ZhuShi

① 狎（xiá）：接近。
② 青霄：青天；高空。
③ 磴：石头台阶。

【129】

凫浴潭舟中即事

林 寀

呼酒上渔舟，江天剩一游。
棹[1]分千顷碧，月没万山秋。
剧饮惊邻父，狂歌起狎鸥。
醉同徐孺子[2]，归卧水西头。

作者简介 Zuozhe Jianjie

林寀，字协恭，明浦城人，曾组织成立皇华诗社。

题 解 TiJie

凫（fú，水鸟，俗叫野鸭）浴潭，又名凫绿潭。在浦城县城西，南浦溪与马莲河汇合处。潭色靛青耀绿，点点如凫浮水，故名。水深5米左右，潭底有相连的6个大砂岩。此诗描述了在凫浴潭船上饮酒欣赏景色的情形。

注 释 ZhuShi

① 棹（zhào）：划船的工具，形状与桨相似。

② 徐孺子：徐穉，字孺子，后汉南昌人。家中贫寒，靠种田为生，官府曾请他去当官，他却推辞不就。太守陈蕃不喜欢接待宾客，可是却为接待徐孺子特设一榻，时称为“高州高士”。

【130】

同友人过南浦桥

董其昌

访隐到江潭，招携过水南。
绿蓑怀往迹，白马纵高谈。
震泽君悲九，中年我得三。
宵分①灵雨至，罨②画半拖蓝。

作者简介 Zuozhe Jianjie

董其昌（1555—1636），字玄宰，号思白、香光居士，华亭（今上海松江区）人。官南京礼部尚书。明代著名书画家，书法对后世影响很大。著有《容台集》《容台别集》等。

题解 TiJie

南浦桥，现称水南桥。位于浦城县城南，因横跨南浦溪取名。北接皇华路，南接水南街道。宋隆兴元年（1163），代理县知事上官端仪（邵武人）兴建，称县南桥，又称上官桥。此诗为作者与友人从城区到水南经过南浦溪时观览之作。

注释 ZhuShi

① 宵分：夜半。
② 罨（yǎn）：掩覆。

【131】

题匡山章三益先生苦斋

马城

辛苦年来只自知，苦中乐事最相宜。
青茶入馔甘如蔗，黄檗供茶味胜饴。
谁识长吟梁父[①]日，独怜垂钓渭滨[②]时。
少陵[③]自是长忧国，未必清癯[④]只为诗。

作者简介 Zuozhe Jianjie

马城，明朝人。

题解 TiJie

见陶安《为章君溢赋匡山看松庵》。

注释 ZhuShi

① 梁父：梁父，泰山下的一座小山。梁父吟，是古代的一支民间曲调，内容多为挽歌，歌调悲凉慷慨。

② 垂钓渭滨：指姜太公用直钩在渭水之滨钓鱼之事。姜太公，即姜尚，俗称姜太公、姜子牙。西周开国大臣。渭水，黄河最大支流，在陕西省中部。

③ 少陵：即杜甫，唐代大诗人，字子美，诗中曾自称少陵野老。其诗忧国忧民，大胆揭露当时社会矛盾，对统治者作了较深的批判，对穷苦人民寄以深切同情。

④ 清癯（qú）：清瘦。

【132】

仙林怀古

徐麟藻

谁挟飞仙去不还，空林犹自掩柴关。
千家树色浮苍堞①，万壑②烟光锁碧湾。
鸟宿云房③春寂寂，鹤归华表④水潺潺。
何当借尔凌风翼，瑶草琼花⑤手自攀。

作者简介 Zuozhe Jianjie

徐麟藻，字蔚圣，明代浦城人。

题 解 TiJie

仙林是指浦城仙楼山。仙楼山，在浦城县城东、南浦溪畔。南接金鸡岭，北连上青岭（又名上真岭），西望西岩山，东与吴山对峙，旧城墙沿山脊而延伸，海拔333米。汉东越王馀善建烽火台于山顶，构行宫于山脚下，故又称越山、粤山。宋道人李陶真结庐山脚下，以其山碧山绕，如杭州天竺，故楼称小天竺。后人为纪念李陶真，筑楼名迎仙楼，又因楼名为仙楼山。此为作者对仙楼山的怀古之作。

注 释 ZhuShi

① 堞（dié）：城垛口。
② 壑（hè）：山沟或大山坑。

③ 云房：僧道或隐者所居之室。

④ 华表：古代立于宫殿、城墙、陵墓前的石柱，或房屋外部的装饰。

⑤ 瑶草琼花：瑶草，仙草；琼花，花木名，叶柔而莹泽，花色微黄而香，为稀有珍异植物。

【133】

游小武当山

陈 衎

寺在深溪里，千山护一椽[①]。
开门松叶乱，转径水声悬。
僧老静无事，鸟孤闲独眠。
石桥风雨后，寂寞弄寒烟。

作者简介 Zuozhe Jianjie

陈衎，字磐生，明代闽县（今福州）人，著有《大江集》。

题 解 Tijie

小武当山即金斗山。金斗山虽然不是什么名山，但在作者的笔下，却也是别有一番洞天。山涧旁的小寺庙、满地铺洒的松叶、潺潺的流水，还有那孤坐的老僧、独眠的小鸟，无不给人一种安静祥和自然美的享受。

注 释 ZhuShi

① 椽（chuán）：屋子。

【134】

秋日过石龙山望龙池

谢肇淛

涧道层层湿翠微①，绿苔红叶满秋衣。
云封古井珠何在？月照寒潭龙未归。
岩半水帘如雪落，风中石乳作花飞。
我来拾得金光草②，欲向山灵买钓矶。

作者简介 Zuozhe Jianjie

谢肇淛（1567—1624），字在杭，福建长乐人。明万历二十年（1592）进士。博学多才。诗风雄迈苍凉，喜好藏书。

题解 Tijie

见赵抃《登石龙山》。

注释 ZhuShi

① 翠微：青翠掩的山腰幽深处。

② 金光草：仙草。唐李白《古诗》之七："顾飡金光草，寿与天齐倾。"

【135】

春日送徐同卿民式北上

李日华

青莎①白鹭洲②，细雨桃花岸。
看乘春水船，遥遥到天畔。

作者简介 Zuozhe Jianjie

李日华，字君实，号竹懒，又号九疑，浙江嘉兴人。明万历二十年（1592）进士。官至太仆少卿。工书画，精鉴赏，世称博物君子。

题解 TiJie

徐民式（1549—1617），浦城人，字用敬，号俭吾，明万历八年（1580）进士。曾任松江（今属上海市）推官、安庆（今属安徽）知府、江南巡抚等。此为作者在春天为徐民式北行的送行诗。

注释 ZhuShi

① 莎（suō）：莎草科，多年生草本，常生于湿地或沼泽中。
② 白鹭洲：在南京市水西门外。

【136】

梦笔晴岚

周维鲲

访古斜阳过客情，浮岚翠锁几峰晴。
千秋彩笔空文藻，一篑青山①记姓名。
隔坞树烟凝暮色，回风径叶响棋声。
乞灵卜得中宵梦，好绽②余花入管城③。

作者简介 Zuozhe Jianjie

周维鲲，字仲化，浦城人。明万历二十二年（1594）举人。

题解 Tijie

见杨亿《留别》注释①。

注释 Zhushi

① 一篑（kuì）青山：篑，盛土竹筐。一篑青山，指梦笔山为小山丘。
② 绽（zhàn）：开放。
③ 管城：笔的代称。

【137】

游白云潭

曾六德

清溪深复深，流水石齿齿①。
云归莫浩歌②，恐惊白龙起。

作者简介 Zuozhe Jianjie

曾六德，字心蕊，一字元甫。浦城人。明万历二十九年（1601）进士。著有《朱明内辞》。

题解 TiJie

白云潭，在浦城城东陂头南浦溪中，水深10米左右。略成圆形，潭底沙质，周围长满鱼须草。潭底中心有漩涡，鱼须草时时翻卷。潭水澄清。

注释 ZhuShi

① 齿齿：形容排列为牙齿的形状。

② 浩歌：高歌。

【138】

锦工石壁

陈元藻

墨迹淋漓①宋代余，摩崖犹认考亭②书。
澄潭怪石清相映，碧藓苍苔锦不如。
半岭长歌樵客径，前溪修竹野人居。
晚来万籁③声俱寂，却爱松窗月色虚。

作者简介 Zuozhe Jianjie

陈元藻，字尔鉴，福建莆田人。明万历三十二年（1604），由举人任浦城教谕，后登万历三十八年进士。著有《颐吟诗集》。

题解 TiJie

锦工石壁，在浦城县浦潭大石溪畔。宋代朱熹访友过此，正值山花盛开，题“锦工”二字于石壁上。“锦江石壁”为南浦八景之一。1979 年，开水渠时被炸毁。

注释 ZhuShi

① 淋漓（lín lí）：形容充盛、酣畅。

② 考亭：朱熹晚年在建阳考亭讲学，故称朱熹学术为考亭学派。

③ 万籁（lài）：指自然界一切声音。

【139】

度西阳岭

徐 熥

绝巘①疑无路，披榛②雾里行。
千重皆鸟道，四壁半猿声。
田父扶犁出，山僧倚锡③迎。
停骖④聊买醉，霜月满孤城。

作者简介 Zuozhe Jianjie

徐熥（1561—1599），字惟和，徐𤊹兄，福建闽侯人。明万历十六年（1588）举人。明代福建著名诗人。

题 解 TiJie

见杨亿《留别》注释③。

注 释 ZhuShi

① 绝巘（yǎn）：形容极高的山顶。
② 披榛（zhēn）：拨开荆棘。
③ 锡：僧人所用的锡杖的简称。
④ 停骖（cān）：停着马。

【140】

过浦城观前谢皋羽祠

徐 𤊹

处士曾侨寓，祠堂奠水头①。
西台②歌一哭，南浦祝千秋。
汤沐钟韩坂，泉扃掩睦州。
最奇《晞发集》③，堪压宋名流。

作者简介 Zuozhe Jianjie

徐𤊹（1563—1639），字惟起，号兴公，别号三山老叟，天竺山人。福建闽侯人。考中秀才后，决意不参加科考，致力诗文创作。与诗人陈价夫、邓原岳等人在福州组织芝山诗社、切磋诗作，互相唱和，学者称之为“兴公诗派”。徐𤊹还是当时国内知名的藏书家。

题 解 Tijie

观前，属水北街镇，在浦城县东南23公里。金斗山（又称小武当山）隔溪伞峙村前，山有金斗观，村落在金斗观前西面，故名观前。南浦溪与临江溪在村南汇合，村落背靠金山、银山、龟阜山，有“二水交汇、三山秀丽，诚南浦之名区”称誉。村落呈犁形，呈梯次分布。沿溪一带民居，均是木结构的吊脚楼，还有5处古码头，保存至今。

谢皋羽即谢翱（áo），皋羽是他的字。谢翱（1249—1295），宋福建长溪人。在他7岁左右，全家迁居浦城观前。景炎元年（1276）七月十三日，文天祥开府南剑州（治所在今南平市延平区）大举勤王之师抗元。谢翱于浦城“倾家率乡兵数百人赴难”，文天祥授他为咨议参军。其后随文天祥转战。祥兴元年（1278）十二月，文天祥被捕，谢翱避居广东潮阳。次年，谢翱返回浦城。不久，愤而出游，流落浙江。

谢皋羽祠在观前村南。原是谢翱故居，明万历元年（1573），改为皋羽谢先生祠。

注 释 ZhuShi

① 祠堂奠水头：奠，稳稳地安置。祠堂面临南浦溪与临江溪交汇处。

② 西台：谢翱有散文《登西台恸哭记》，是其代表作，为中国散文名篇。

③ 《晞发集》：谢翱著作，在中国文学史上有一定的地位。

【141】

游等觉寺

梅礼

秋杪①投荒刹，遥寻薜荔行。
禅林无犬吠，客驾有云迎。
染翰②花飘席，摊经月到庭。
悠悠澄寂意，从此学无生。

作者简介 Zuozhe Jianjie

梅礼，字见复。明代浦城人，生卒年不详。

题解 TiJie

等觉寺，在浦城梦笔山麓，五代时雪峰法嗣、梦笔和尚所建。

注释 ZhuShi

① 秋杪（miǎo）：年月季节的末尾。秋杪，即秋末。
② 染翰：以笔蘸墨。

【142】

晓发九牧岭

游及远

嘶马促行役①，出门星月稀。
松风吹短鬓，竹露湿纾②衣。
鉴水秋容净，缘崖③足力微。
乡关今日尽，愁对岭云飞。

作者简介 Zuozhe Jianjie

游及远，字元封，明代福建莆田人。生卒年不详。著有《小竹林草》。

题解 Tijie

九牧，在浦城县城西北31公里，现为九牧镇驻地。九牧古为入闽要道，今为福建出省公路要冲，村北2公里有五显岭。

注释 Zhushi

① 促行役：催促马儿快走。
② 纾（shū）：粗布做的衣服。
③ 缘崖：只因为到了山崖边。

【143】

宿渔梁

郑 锜

三年羁[1]莆阜，今夜宿渔梁。
蛩语[2]茅檐月，乌啼板屋霜。
风尘双短鬓，湖海一空囊[3]。
乡路知将近，欢令客思长。

作者简介 Zuozhe Jianjie

郑锜，字元藻，莆田人。明万历（1573—1620）国子监生。

题解 Tijie

见蔡襄《宿渔梁》。

注释 Zhushi

① 羁（jī）：驻留。
② 蛩（qiōng）语：交谈。
③ 囊（náng）：口袋。

【144】

无题

道盛

清明微雨后，花鸟乱飞时。
苦竹长遮径，高松自护关。

作者简介 Zuozhe Jianjie

道盛，字觉浪，浦城县张氏子。明万历末年，在梦笔山寺出家，精通律藏，兼研经论。坐道场50余处，最后主持金陵天界寺，学徒云集。

题解 Tijie

此诗无题，描绘了清明时节山林的景象。用词浅白，但有寓意。

【145】

越台晚照

吴懋谅

荒台人去剩幽篁①，树霭②村烟杂女墙③。
歌舞春风成往事，江山秋色带斜阳。
低空雁影兼云远④，背日鸦群接翅忙⑤。
独有渔家芦荻岸，轻鸥柔橹⑥自徜徉⑦。

作者简介 Zuozhe Jianjie

吴懋谅，字益圣，浦城人。明泰昌元年（1620）贡生。

题解 Tijie

见詹禋《越台晚照》。

注释 Zhushi

① 篁（huáng）：竹林，泛指竹子。
② 霭（ǎi）：云气。
③ 女墙：城墙上的矮墙。
④ 兼云远：使云层看去更加倍遥远。
⑤ 接翅忙：翅膀换着翅膀飞得很慌忙。
⑥ 橹（lǔ）：拨水使船前进的器具。
⑦ 徜徉（cháng yáng）：徘徊，盘旋，自由自在地往来。

【146】

游禅寂寺

张乔松

春郊结客觅灵筌①，入暮犹扳兜率②天。
陌上残碑留赤籀③，池间激水涌青莲。
支筇夜历千山月，秉烛寒分万壑烟。
我欲诛茅④开白社⑤，祇园从此学逃禅。

作者简介 Zuozhe Jianjie

张乔松，字良桢，又字二如，浦城人。明天启四年（1624）举人。

题解 Tijie

禅寂寺，在浦城县城南的观前村西。唐至德（756—758）初建，大中十二年（858），唐宣宗赐额“大中禅寂”，于是定名禅寂寺。寺西有轮藏寺，曾藏佛经1044箱2万余卷，因又名轮藏寺。现佛经已散失。

注释 Zhushi

① 筌（quán）：捕鱼用的竹器。
② 兜（dōu）率：梵文的音译。佛教所说欲界六天中的第四天。义译为知足、喜足、妙足、上足等，意思是受乐知足而生欢喜之心。
③ 籀（zhòu）：汉字的一种字体，一名大篆。
④ 诛茅：剪茅为屋。
⑤ 白社：在今河南偃师内，后人称隐士所居之所为白社。

【147】

谒练夫人祠

章简

绣衣玄甲①镇全闽，锦繖②从军壁垒新。
眼识英雄囚作将，义同生死鬼为人。
千年庙貌层宵丽，四海云仍③甲第频。
身是郇秦开国裔，阴功每念火传薪。

作者简介 Zuozhe Jianjie

章简，华亭（今属上海市松江区）人。明天启四年（1624）举人。曾任福建省罗源知县、兵部职方司主事。清兵攻打松江时，守城战死。

题解 TiJie

练夫人祠，纪念练夫人在场所，此祠在福建省建瓯市。

注释 ZhuShi

① 绣衣玄甲：指文官、武官。
② 繖（sǎn）：同伞，挡雨或遮太阳的用具，可张可收。
③ 云仍：远孙，比喻后继者。

【148】

逢郑应台

宋 珏

柘浦班荆[1]后，无端[2]又十年。
故人[3]长短梦，世事去来船。
留滞悲王粲[4]，风流老郑虔[5]。
今宵淮上酒，莫论几多钱。

作者简介 Zuozhe Jianjie

宋珏，字玉明。明天启年间（1621—1627）国子监生。

题 解 Tijie

柘浦，即浦城。作者描绘与郑应台在浦城相遇的喜悦之情。

注 释 Zhushi

① 班荆：铺荆于地而坐，形容朋友共坐交谈。

② 无端：无缘无故。

③ 故人：老朋友。

④ 王粲（càn）：王粲（177—217），三国魏国山阳高平（今山东邹县）人。字仲宣，博学多识，文思敏捷，为建安七子之一。

⑤ 郑虔：郑虔（685—764），唐朝人，字弱齐，唐郑州荥阳（今属河南）人。当时有“郑虔（诗、书、画）三绝”之誉。

【149】

行浦湖梅花溪上口占

梅彦骥

溪山冷落树槎枒①，夹岸参差②屋数家。
最是暗香浮动处，一湾流水半村花。

作者简介 Zuozhe Jianjie

梅彦骥，字调如，浦城人。明崇祯六年（1633）举人。

题解 TiJie

浦湖，今名富湖，今属浦城县万安乡。

注释 ZhuShi

① 槎枒（chá yá）：同“杈丫”，形容歧出。
② 参差（cēn cī）：长短、高低不齐，不一致。

【150】

度[1]仙霞岭

王毓德

已恨闽天道路赊[2]，更堪回首隔仙霞。
潺湲[3]已是他乡水，纵使东流不到家。

作者简介 Zuozhe Jianjie

王毓德，字粹夫。明朝人，生卒年不详。

题　解 Tijie

仙霞岭，在浙江省西南部，绵延浙、闽、赣边，西南接武夷山。钱塘江、瓯江及闽江分水岭。同名山峰在浙江县南，海拔 1413 米。仙霞有 6 岭，属江山为窑、茶、小竿岭，属浦城为大竿、枫、梨岭。

注　释 ZhuShi

① 度：翻越。

② 赊：远。

③ 潺湲（chán yuán）：形容水慢流。

【151】

太姥灵湫

黄宗昌

仙庵僻①径有仙泉，四望晴空景色鲜。
夜半钟声敲冷月，溪云净尽见村烟。

作者简介 Zuozhe Jianjie

黄宗昌（1578—1640），字以纯，号一真。浦城人。

题解 Tijie

太姥（mǔ）山，在浦城县城北25公里，忠信镇忠信村西北。《寰宇记》载：“太姥即魏夫人，道家谓魏夫人栖真于洞宫，此山乃洞宫之邻也。”山上建太姥祠，山下建徐渊书院（已毁）。有七姑仙井、龙井、纱帽岩等胜迹。其下为飞凤山。平川（浦城忠信别称）有前八景：西川渔钓、鳌峰拱翠、读书故址、灵岩石笏、太姥灵湫、昆庐秋月、华岩泉井、李山晚钟。此为平川前八景诗之一。

注释 ZhuShi

① 僻（pì）：偏僻。

【152】

松林晚照

黄良熺

闲眺①松间夕影斜，余晖②流入碧窗纱。
无边霁③色堪留步，又喜枝头宿晚鸦。

作者简介 Zuozhe Jianjie

黄良熺（1636—1700），字显儒，号紫峰。浦城忠信人。

题 解 TiJie

平川（浦城忠信别称）又有后八景：南徐春曲、三桥柳岸、黄潭渔唱、石岭樵歌、龟山叠障、社坛双柏、吴江夜月、松林晚照。此为平川后八景诗之一。

注 释 ZhuShi

① 眺（tiào）：眺望，往远处看。
② 晖（huī）：阳光。
③ 霁（jì）：雨雪停止，天放晴。

【153】

李山晚钟

黄良熼

黄昏何物遏①行云，僧寺敲钟山外闻。
独坐闲窗知有意，声声为我洗尘纷。

题解 TiJie

此为赞平川前八景诗之一。

注释 ZhuShi

① 遏（è）：阻止。

【154】

九牧道中

曾异撰

鱼群寸寸溯①游明，上有篁②阴石底平。
百里溪声随路转，一肩篮舆③似舟行。

作者简介 Zuozhe Jianjie

曾异撰（1591—1639），字弗人，福建晋江人。著有《纺绶堂集》。

题 解 Tijie

见游及远《晓发九牧岭》。

注 释 Zhushi

① 溯（sù）：逆着水流的方向走。
② 篁（huáng）：竹林，泛指竹子。
③ 篮舆（yú）：竹制的轿子。

【155】

自平川移居城东有寄

朱化龙

小筑①连东郭，时危寄此身。
微嫌沽酒远，不厌索诗频。
野哭增新鬼，狂歌对故人。
梨关②方撤戍③，消息畏来真。

作者简介 Zuozhe Jianjie

朱化龙，字碧潭，明代浦城人，生卒年不详。

题解 Tijie

平川，浦城忠信别称。作者在社会动荡时从忠信移居浦城。此诗反映出当时危难的情况。

注释 Zhushi

① 筑：建筑物。
② 梨关：即梨岭关。
③ 撤戍：撤守。

【156】

元夕绿波亭对雪

许珌

侵檐扑瓦融融湿，打柳沾花滚滚新。
山雪高楼初作客，酒杯令节①暗悲春。
此间夜色寒如水，何处歌声细若尘。
猬缩袁安难稳卧②，梦魂远绕白头亲。

作者简介 Zuozhe Jianjie

许珌，字天玉，一字铁堂，又字星庭。侯官（今福州）人。明崇祯十二年（1639）举人。曾任安定知县。著有《品月堂集》《梁园集》。

题解 Tijie

元夕即除夕，这是除夕日作者在绿波亭赏雪而作。

注释 Zhushi

① 令节：敲击出节拍来。

② 猬（wèi）缩袁安难稳卧：猬缩，形成如刺猬一样缩成一团。袁安（？— 92），东汉汝南汝阳（今河南商水西南）人，字邵公。袁安没有作官的时候，客居洛阳。一年冬天，洛阳县令冒雪去拜访他。他院子里的雪很深，县令叫随从扫出一条路才进到袁安屋里。此时，袁安正冻得蜷缩在床上发抖。县令问他："你为什么不求亲戚帮助一下？"袁安说："大家都没好日子过，大雪天我怎么好去打扰麻烦人家？"

【157】

柘溪

李世熊

帆送寥天①思悄然，四围丹碧为谁悬？
浮家筏上长春水，挂竹檐间日试泉。
乡语渐稀瓯岭出，江声时响越台连。
斜阳极目无人问，犹有归鸦叩客船。

作者简介 Zuozhe Jianjie

李世熊（1602—1686），字元仲，号愧庵，明清之际福建宁化人。

题解 TiJie

作者离开家乡，乘船在柘溪中行进，虽然有丹山碧崖，有长流春水，有清澈山泉，但思乡之情却油然而生。

注释 ZhuShi

① 寥天：广阔的天空。

【158】

枫岭为闽越分界

邵标春

迢递①关前路，如何咫尺②殊。
莺同故山早，云出异乡孤。
笕竹③泉声细，编桥阁道迂。
春光生野戍，莫漫叹危途。

作者简介 Zuozhe Jianjie

邵标春，字是春，自号双九逋客，明代闽县人。生卒年不详。著有《檐景斋集》。

题解 TiJie

枫岭，在浦城县城北37公里，昔以多枫树得名。上有枫岭关，又称半岭关，为闽、浙界岭，北去为小竿岭，又10里为仙霞关，岭势相接，清代有游击驻防。

注释 ZhuShi

① 迢递（tiáo dì）：形容高远的样子。

② 咫（zhǐ）尺：比喻距离很近。

③ 笕（jiǎn）竹：连接起来引水用的竹管。

【159】

同王息父诸同好游胜果寺

徐万里

松杉树树乱泉声，载酒招提[①]草色平。
万井轻烟藏画栋，一溪流水绕春城。
雨晴空谷花犹湿，风定疏檐铎[②]自鸣。
把臂入林俱不忝[③]，年来丘壑总关情。

作者简介 Zuozhe Jianjie

徐万里，明代浦城人，生卒年不详。

题解 TiJie

胜果寺，在县城东龙头山下。原为馀善行宫故址，南朝梁时改建为崇云寺，隋废。唐乾元（758—760）间，处州刺史刘守谦定居浦城，倡捐重建，以纪元号改名乾元寺，元和（806—820）中，唐宪宗敕置戒坛，改名胜果寺，后屡有兴废。清乾隆七年（1742）与天心寺合建为天心胜果禅寺。

注释 ZhuShi

① 招提：梵语，义为四方，四方之僧称招提僧，四方僧之住处称招题僧房，后成为寺院的别称。
② 铎：大铃。
③ 忝（tiǎn）：有愧于，常用作谦词。

【160】

题新兴教寺

黄廷俸

象教①东流直至今，几多名胜占丛林。
万山堆叠烟霞古，一径纡回②花木深。
阶下苔封僧入定，云间犬警客初临。
悬知③世路行难尽，拟对禅灯即此心。

作者简介 Zuozhe Jianjie

黄廷俸，字时禄，明浦城人。

题解 TiJie

新兴教寺在浦城仙阳百向山麓，宋代状元祖秀实墓在此寺后。

注释 ZhuShi

① 象教：佛教的别称。
② 纡（yū）回：弯曲、绕弯
③ 悬（xuán）知：牵挂。

【161】

登牺惶岭

翁白

白头试向碧天抬，放胆敲将帝阙开。
足裹风云三百片，手扪霄汉①八千回。
飞扬鸟与争先后，孟浪②心知天剪裁。
家食如何人不耐，牺惶岭上去还来。

作者简介 Zuozhe Jianjie

翁白，字未青，又字梅庄，福建福清人。明末侨居浦城。喜欢旅游，善于写诗，生卒年不详。著有《梅庄遗草》。

题解 Tijie

见杨亿《留别》注释③。

注释 Zhushi

① 霄汉：霄，云霄；汉，天河。连用为高空。
② 孟浪：言语轻率不当。

【162】

夙墩月下

翁　白

山月明逾甚，横空冷半规。
松杉方借影，乌鹊不同枝。
皂帽①南乡客，邮筒白下诗。
相将②如好友，今夕独眠迟。

题　解 TiJie

夙墩，属今浦城县临江镇。

注　释 ZhuShi

① 皂（zào）帽：黑色的帽子。

② 相将：相处。

【163】

次重登仙楼韵

翁 白

削去城东面面山，阑干十二翠微[1]间。
能供千里无垠[2]望，不放孤筇一日闲。
花落云迷曾到客，篱边犬吠又开关。
只因洞有神仙住，怪石森森[3]不分顽。

题 解 TiJie

见徐麟藻《仙林怀古》。

注 释 ZhuShi

① 翠微：青翠的山气；指青翠掩映的山腰幽深处。

② 无垠（yín）：无边际，无尽头。

③ 森森：形容繁密。

【164】

吴山耸翠

无名氏

天外危峰①势独尊，倚空积翠起云根。
晚来雨过堪②图画，秀列芙蓉手可扪③。

作者简介 Zuozhe Jianjie

无名氏，明朝人。

题解 TiJie

见徐浦《秋日登吴山》。

注释 ZhuShi

① 危峰：高高的山峰，指吴山。
② 堪（kān）：可以，能，足以。
③ 扪（mén）：按，摸。

【165】

南浦绿波

无名氏

南浦春流涨绿波，溶溶漾漾①浴鸥多。
销魂②尚记江淹赋，碧草青苔送别何。

作者简介 Zuozhe Jianjie

无名氏，明朝人。

题解 Tijie

南浦旧有八景，南浦绿波为八景之一。

注释 Zhushi

① 溶溶漾（yàng）漾：溶溶，形容宽广，水流动；漾漾，形容水波荡动。

② 销魂：旧称人的精灵为魂，销魂多用形容悲伤愁苦时的情状。

【166】

锦工石壁

徐宗禹

舟移潭影话前贤[1]，笔落崩崖不记年。
照水芙蓉[2]云外倚，临池蝌蚪镜中悬。
翠屏长倩[3]苔花绣，丹磴争看锦障连。
一曲高山知自好，操来松雪向谁传。

作者简介 Zuozhe Jianjie

徐宗禹，明代人。官别驾。

题解 TiJie

见陈元藻《锦工石壁》。

注释 ZhuShi

① 前贤：指朱熹，“锦工”二字由朱熹题写。

② 芙蓉：莲（荷）的别名。

③ 倩（qiàn）：俏丽。

【167】

缺题

黄至

浩气无亏缺，幻躯有生灭。
秉化还太虚①，皎皎②秋空月。

作者简介 Zuozhe Jianjie

黄至（《福建通志》作“黄玉”），明代浦城人，字诚甫，生卒年不详。精于医术。有一年城内发生重大疫情，黄至出钱出药出力，救活了许多老百姓。

题解 TiJie

作者是一位品德高尚之人，此诗表现了他对人生之感慨。

注释 ZhuShi

① 太虚：天空。
② 皎（jiǎo）皎：形容洁白。

【168】

梨岭晓行怀范东生

僧广润

咽石寒流细，沾裳白露多。
疏林生晓籁，片月偃[1]秋河。
肃肃征人语，劳劳牧子歌。
因思岩穴者，高枕卧松萝[2]。

作者简介 Zuozhe Jianjie

僧广润，明朝僧人，生卒年不详。

题解 Tijie

见欧阳詹《题梨岭》。

注释 Zhushi

① 偃（yǎn）：倒下、卧倒。

② 松萝：植物名。植物体呈树枝状，直立或悬垂，长的可达1米以上，灰白或灰绿色。

【169】

东山寺

僧真源

疏钟隐隐下高台，晓漏沉沉听欲催。
满树云花应不碍，暂时风力又相摧。
从知闻性无生灭，只有声尘自去来。
万古惺惺[1]传一语，几人犹向梦中猜。

作者简介 Zuozhe Jianjie

僧真源，字碧泉。明朝僧人。

题解 Tijie

东山寺，在浦城万安乡吴山，又称吴山庵，宋建。

注释 Zhushi

① 惺（xīng）惺：机警、警觉，指聪明有智慧的人。

【170】

丙戌浦城书怀

郑为虹

门户纷争总背驰，枉教心血染霜髭。
微禽填海冤虽切①，愚叟移山想尽痴②。
报国惟文真已矣③，许人以死敢忘之。
绿波南浦销魂地，偏我流传绝命词。

作者简介 Zuozhe Jianjie

郑为虹（？—1646），字天玉，江苏江都人。明崇祯年间中进士，曾任浦城知县。明唐王朱聿键道经浦城，知他贤能，升郑为御史，浦城群众以“十不可去”留任。唐王改任郑为虹以御史巡视仙霞关驻浦城，不久又命他巡抚上游四府兼领关务。明隆武二年（1646）六月三日，清兵攻陷浦城，郑为虹被俘，不屈被杀。

题解 TiJie

此诗是郑为虹于隆武二年写下的绝命诗。

注释 ZhuShi

① 微禽填海冤虽切：微禽指精卫，古代神话中的鸟名，亦称冤禽。相传为炎帝女，名女娃，因游东海淹死，遂化为精卫。精卫衔来木石，决心填平东海。比喻深仇大恨，立志必报。亦比喻不畏艰难，矢志

不移的坚毅精神。

② 愚叟移山想尽痴：古代寓言。愚公因太行、王屋二山阻碍出入，想把山铲平。有人笑他，他说："虽我之死，有子存焉；子又生孙，孙又生子；子又有子，子又有孙。子子孙孙，无穷匮也，而山不加增，何苦而不平？"用来比喻作事有顽强的毅力，不怕困难。

③ 真已矣：真是靠不住了。已，停止、结束。

【171】

南浦桥亭望梦笔山

周亮工

孤舟更泊①前来岸，明发②应从岭上行。
偶过长桥增别思，且留半日听泉声。
西山梦冷花藏寺，南浦人来雨压城。
望里劳劳③千载路，不知芳草为谁生。

作者简介 Zuozhe Jianjie

周亮工（1612—1672），字元亮，一字缄斋，号栎园。河南祥符（今开封）人。明崇祯十三年（1640）进士，曾任福建按察使、布政使，官至吏部侍郎。周亮工是清初著名学者和艺术鉴赏家，著作甚富。著有《赖古堂集》《因树屋书影》及《闽小纪》等。

题解 TiJie

见董其昌《同友人过南浦桥》。

注释 ZhuShi

① 更泊：再次停泊。
② 明发：明天出发。
③ 劳劳：惆怅忧伤的样子。

【172】

舟发浦城

李　蔚

地形下东南，滩溜如箭疾。客行冲雾雨，扁舟仅容膝。
粼粼[①]沙痕高，齿齿[②]石锋密。礌砢[③]碍中流，巨细状非一。
狭逼[④]惊涛飞，深沸漩涡溢。舟楫巧纡避，簸荡[⑤]神先怵[⑥]。
篙师一失手，势与洪流汩[⑦]。眩眼杂卉稠，送客奔崖崒。
骇[⑧]奇豫初览，过险怕缕述。乘流怪浮生，坎止私愿毕。

作者简介 Zuozhe Jianjie

李蔚，字坦园。清顺治三年（1646）进士，曾当宰相。著有《心远堂集》。

题　解 Tijie

此为作者从浦城出发，沿溪所见惊险的情景。

注　释 Zhushi

① 粼（lín）粼：形容清澈。

② 齿齿：按齿状排列。

③ 礌砢（lèi kē）：形容累积、众多。

④ 狭逼：狭窄处。

⑤ 簸（bǒ）荡：颠簸起伏。

⑥ 怵（chù）:恐惧。

⑦ 势与洪流汩（yù）：汩:迅疾貌。必定会与洪流一样迅疾。

⑧ 骇（hài）：惊扰。

【173】

五显岭

佟国鼐

自苏岭至仙霞关，由仙霞抵五显岭，层岩叠嶂，一线可通者二百余里。嗟①尔任事诸人，不能扼险以守，唯拥兵滋害，大兵猝至，奔窜无余，徒留山鸟野猿与清泉竹树，纷披秋色，不禁叹息。是用作歌以志感慨。

层岩列嶂势盘桓②，虎豹为雄掩伺难。
空有兵戈徒扰攘③，依然猿鸟共呼欢。
幽泉落石寒潭冷，劲竹敲风远岫④寒。
策马冲云驱鸟道，六师先已过崇安⑤。

作者简介 Zuozhe Jianjie

佟国鼐，字怀东。辽东人。清顺治三年（1646）任福建巡抚。

题解 Tijie

明朝军队据五显岭，凭借天险可以应当抗敌。但是，清军一到，即被打得落花流水。对此作者很是感慨。

注 释 ZhuShi

① 嗟（jiē）：感叹声。

② 盘桓（huán）：回环旋绕，逗留。

③ 扰攘：侵扰，混乱、不太平。

④ 岫（xiù）：峰峦。

⑤ 崇安：今武夷山市。

【174】

柘浦岁暮闻风有慨

顾 礽

怒风发发树争呼，四望群山乌毕逋[①]。
候至坚冰开肃杀[②]，运舒残腊启贞符[③]。
荒天云骇飞无绪，涸泽[④]流消响不枯。
安得建溪兵气靖[⑤]，万村烟陇[⑥]复春锄。

作者简介 Zuozhe Jianjie

顾礽，字南金，清朝黄岩人，生卒年不详。

题解 Tijie

柘浦，即浦城。作者描写年末浦城刮大风之时的情景，蕴含了作者期盼社会安定，人民安居乐业的美好心愿。

注释 ZhuShi

① 毕逋（bū）：全部飞走。

② 肃杀：形容深秋或冬季草木枯落时的天气。

③ 贞符：朝廷的凭证。

④ 涸（hé）泽：干枯的河流、湖沼。

⑤ 靖（jìng）：安定、平定。

⑥ 烟陇：云烟蒸润天气。

【175】

南浦晚泊

何纯子

返照入芦花，编茅数酒家。
渔灯明远浦①，暮树隐寒鸦。
月意窥②舟冷，风声拂③雁斜。
有怀浑不寐④，午夜兴犹赊。

作者简介 Zuozhe Jianjie

何纯子，号剑客，清朝人，生卒年不详。

题解 Tijie

此诗为作者描述夜晚船只停泊在南浦溪畔的情景。

注释 Zhushi

① 浦：水边。

② 窥（kuī）：从小孔、缝隙察看。

③ 拂（fú）：轻轻擦过。

④ 寐（mèi）：睡、睡着。

【176】

登越王台

徐延寿

步上高台望八荒[1]，鹧鸪无数晓啼霜。
春波碧草怀江令[2]，古国寒烟吊越王[3]。
一抹云拖梨岭白，半山日落柘林黄。
将军坐啸秋宵月，不异南楼夜据床。

作者简介 Zuozhe Jianjie

徐延寿，字存永，清朝人，生卒年不详，著作有《尺木集》。

题解 TiJie

见詹禋《越台晚照》。

注释 ZhuShi

① 八荒：四面八方。

② 江令：指南朝江淹。

③ 越王：指汉代东越王馀善。

【177】

和李将军登越王台

林宠

金鸡苍翠望峥嵘，八郡①维连汉代城②。
乍见鸠③工朱槛绕，曾传垂钓白龙惊。
烟云久掩层层势，山水常留处处名。
莫欲登临千载远，一时怀古具深情。

作者简介 Zuozhe Jianjie

林宠，字异卿，清朝人，生卒年不详。

题解 Tijie

李将军，即李绣，字文素，江苏仪征人。清顺治三年（1646），以提督东营副总兵随军征浙、闽，抵达建州后进驻浦城。时与县令李葆贞建造营房，构筑越王台，修茸朱子祠，刻印《杨大年诗集》。

注释 Zhushi

① 八郡：指福建，因古时候设八个府郡。
② 汉代城：浦城于汉建安初（196—200）正式建县，因此称汉代城。
③ 鸠（jiū）：聚集。

【178】

寄题越王台

徐钟震

千古兴亡孰①可哀，无诸②霸业未成灰。
虽云封域③更新鼎，犹记山川有旧台。
陈迹岂随芳草没，飞甍④乍对夕阳开。
登坛赋笔花如锦，争佩将军武库才。

作者简介 Zuozhe Jianjie

徐钟震，字器之，清朝人，生卒年不详。

题解 Tijie

见詹禋《越台晚照》。

注释 Zhushi

① 孰（shú）：谁，什么，那个。

② 无诸：西汉时闽越族首领，姓驺氏，越王勾践之后。为闽越王。

③ 封域：疆域，界域。

④ 甍（méng）：屋脊。

【179】

过渔梁溪枫寺

范 俊

清溪喜复浣[1]征衣，塞上兵戈尚合围。
沙碛[2]十年孤剑去，云山万里一人归。
寒林雪掩青枫寺，荒店烟笼白版扉[3]。
此去无诸城下路，应怜春草满渔矶。

作者简介 Zuozhe Jianjie

范俊，清朝人，生卒年不详。

题 解 TiJie

溪枫寺，即万叶寺，在今浦城仙阳镇渔梁山。现已毁。

注 释 ZhuShi

① 浣（huàn）：洗。
② 碛（qì）：水中沙石。
③ 扉（fēi）：门。

【180】

松林寺

潘 远

疏松影里草元亭①，屋后群峰列翠屏。
残雨小塘萍散绿，微风幽径竹摇青。
觞②寻曲水流三月，剑拔寒潭洗七星。
寂寂衡门③无客到，林莺啼午梦初醒。

作者简介 Zuozhe Jianjie

潘远，字静致。清代浦城人，生卒年不详。小时候就会写诗，并且擅长书法。著有《雪僧诗稿》。

题 解 TiJie

松林寺，原名续灯窠，在今浦城水北街镇黄碧村大口窑。

注 释 ZhuShi

① 草元亭：凉亭名，以荒圯无迹可寻。
② 觞（shāng）：古代喝酒用的器物。
③ 衡门：横木为门，指简陋的房屋。

【181】

月华池望月

潘远

华池莲花开，神水金波[1]静。
夜深月正明，天地一轮镜。

题解 TiJie

天心月华为南浦八景之一，此景在天心胜果寺附近。

注释 ZhuShi

① 金波：形容月光浮动，因亦指月光。

【182】

谒真西山祠

季凤翔

崇贤仰西山，元英耸翠霭。抠衣[1]拜仪容，精舍肃瞻对。
忆公立朝日，孤耿鸣鼎鼐。嘉猷奋珥笔[2]，贞慈炳符采。
飞蝇集圭璧，归来谢组珮。贤关透键钥，韶音起聋聩。
圣轨续洙泗[3]，道脉接元晦[4]。修治衍义[5]秘，心政[6]敦懿诲。
朗朗觉群昏，滔滔障东汇。乘箕游八荒，仰止隆海内。
故里绵云仍，孝思永不匮[7]。

作者简介 Zuozhe Jianjie

季凤翔，字九苞，浦城人。清顺治八年（1651）举人，曾任乐清县知县。

题　解 TiJie

西山祠，即宋贤真夫子祠，为祭祀宋代真德秀而建。在浦城县城龙潭门内。宋宝庆三年（1227），真德秀建西山精舍于此。元延祐四年（1317）改为西山书院。明成化三年（1467），大学士商辂奏请奉敕建真文忠公祠，后称宋贤真夫子祠。现仅存主厅。

注　释 ZhuShi

① 抠（kōu）衣：古代礼节，见尊长时提起衣服的前襟，以示恭敬。

② 珥（ěr）笔：古时史官，谏官入朝，或近臣侍从，把笔插在帽子上，以便随时记录、撰述。

③ 洙泗：即洙水和泗水。古时两条河自今山东省泗水县北合流而下，至曲阜北，又分为二水，洙水在北，泗水在南。春秋时属鲁国地。孔子在洙泗之间聚徒讲学。所以，后人用“洙泗”代称孔子及儒家。

④ 元晦：指朱熹。

⑤ 衍义：指真德秀所著的《大学衍义》。

⑥ 心政：指真德秀所著的《心经》《政经》。

⑦ 匮（kuì）：缺乏。